觉醒诗选

华　春◎编著

北京工艺美术出版社

图书在版编目（CIP）数据

觉醒诗选 / 华春编著 . -- 北京 ：北京工艺美术出版社，2023.11

ISBN 978-7-5140-2691-7

Ⅰ . ①觉… Ⅱ . ①华… Ⅲ . ①诗集－中国－当代 Ⅳ . ① I227

中国国家版本馆 CIP 数据核字 (2023) 第 130142 号

出 版 人：陈高潮　　责任编辑：周　晖
装帧设计：李　岩　　责任印制：王　卓

法律顾问：北京恒理律师事务所　丁　玲　张馨瑜

觉醒诗选
JUEXING SHIXUAN

华春　编著

出 版	北京工艺美术出版社
发 行	北京美联京工图书有限公司
地 址	北京市西城区北三环中路6号　京版大厦B座702室
邮 编	100120
电 话	(010) 58572763（总编室）
	(010) 58572878（编辑室）
	(010) 64280045（发 行）
传 真	(010) 64280045/58572763
网 址	www.gmcbs.cn
经 销	全国新华书店
印 刷	天津海德伟业包装有限公司
开 本	710 毫米×1000 毫米　1/16
印 张	15
字 数	180千字
版 次	2023年11月第1版
印 次	2023年11月第1次印刷
印 数	1～10000
定 价	58.00元

前　言

禅诗，望文知义，就是禅理与诗词的完美结合。这个结合，是历史的必然，是文化的升华，是生活的结晶。其原因有二：第一，禅宗为中国佛教宗派之一，禅的思想深刻地渗透了中国哲学；诗是最广泛的文字组织、表达思想的形式，在优秀的中国传统文化中俯拾即是。第二，禅与诗有"意出言表"的共同特色，所以两者的结合相得益彰，超然物外，既有哲学思辨精神，又不乏诗的意境和韵味。

禅与诗的结合大致有两种形式：援禅入诗，借诗指禅。援禅入诗是指将禅义引入诗中，以提高诗的意境。士大夫所作禅诗，以此居多。借诗指禅是指借诗的形式，来标指禅宗向上要义，或指点诗词爱好者，或表达自己的领悟，或托物言志，借景抒怀，此类诗多为禅宗大师和文人雅士所创作。

禅诗的成就可分为两大类。一类是诗歌，一类是理论。在诗歌方面，涌现了一大批禅诗高手和绝妙佳作。高僧如寒山、拾得、石屋清珙、黄檗希运、法眼文益、憨山德清、汾阳善昭、佛果克勤、真净克文、雪窦重显、大慧宗杲、惠洪觉范、中峰明本、梦东彻悟等。居士如王维、白居易、韦应物、庞蕴、元稹、王安石、杨杰、黄庭坚、张商英、苏轼、苏辙、柳宗元、耶律楚材、汤显祖等。

理论方面，自唐朝开始出现，在宋朝形成了以禅喻诗、援禅理入诗理的系统理论，如严羽的《沧浪诗话》。同时出现了一批以禅论诗的诗作，如吴可的《学诗诗》。

庞大的数量与极高的文化成就，使禅诗成为中国传统文化中的一颗璀璨明珠，影响了一代代文人雅士，随之而来的各种赏析层出不穷。但大部分赏析禅诗的文字，多从赏析"诗"入手，运用的理论，也多是诗歌创作与评论的理论，而对于更为要紧的"禅"，却错过不少。虽内容丰富，词采动人，却往往缺乏宗门意旨的阐发，虚浮于文辞表面，或浮光掠影，或隔靴搔痒，使人"一旦掩卷沉思，则又似乎没有在脑海中留下多少东西，杂乱而混沌……总是无法搔着痒处"（季羡林语）。

针对这种现象，本书力图通过运用佛教积极向上的哲理，尤其是哲学的理论与方法，解析禅诗所包含的禅义佛理，阐明禅诗所蕴含的妙意玄旨，还原禅诗所构建的清景幽趣，归向禅诗所标指的真如实相，探寻真理，上下求索。希望这些赏析文字有助读者品味醍醐，滋养心灵并获得精神的愉悦。

本书所选诗偈包括开悟诗、警世偈、示法诗、述怀诗、辞世偈等。还有一些意趣盎然、广为引用的禅门偈颂，虽非格律规范的诗作，也被甄选进来。此番尝试，疏漏不周之处在所难免，敬请大方之家批评指正。

卯兔年华春于普纳威美亚公寓

目 录

3

白马寺^①不出院僧

［唐］ 许 浑

禅空心已寂，世路任多歧。
到院客长见，闭关^②人不知。
寺喧听讲绝，厨远送斋^③迟。
墙外洛阳道，东西无尽时。

注释

①白马寺：佛教传入中国时最早建立的寺院。位于河南省洛阳市东十公里处。被尊称为中国佛教的"释源"或"祖庭"。

②闭关：佛教教徒的修行方式之一。指在一定期间内，在某一场所所作的闭门修持或研学。闭关期间的作息内容及方法，依目标或宗派之差异而有不同。

③斋：正午以前的饭食。又，蔬食。

赏析

白马寺的这位足不出户，更是心不出户的僧人，已经习得寂静。《佛说圣法印经》云"无我无欲心则休息，自然清净而得解脱，是名曰空"，看来这位僧人已经能真休息了。所以任你世路多歧，总是没有相干。现在去寺里是经常能看见这位僧人，但他有今天的成就，背后还有着一段为人所不知的闭关苦功。当时他独自一个人住在较远的关房，不参加寺

1

里的活动，努力用功念佛打座。因为住得远，送斋的人时常迟到。这正是"不经一番寒彻骨，怎得梅花扑鼻香"（黄檗希运语）。如今他已出关，虽然每天周旋事物中，但却不再有所染着，犹如"百花丛里过，片叶不沾身"。尽管墙外就是繁华的洛阳道，东西往来没有穷尽，但又怎能使他动心？因为"禅空心已寂"，再多的车马人流，也只是无自性，毕竟空。

北青萝①

[唐] 李商隐

残阳西入崦②，茅屋访孤僧。
落叶人何在，寒云路几层。
独敲初夜磬，闲倚一枝藤。
世界微尘里③，吾宁爱与憎？

注释

①北青萝：山名。

②崦：日落处。

③世界微尘里：《法华经》云，"书写三千大千世界，全在微尘中。"义谓世界在法界中，极小；又谓一微尘能纳世界，此是"小大无碍"的有体现。微尘，七倍极微，为微尘。极微者，色体的最小单位。

赏析

这是首以访僧寄达自己体悟的诗。夕阳漫沉西山的时候，诗人前往一间茅屋，拜访一位孤僧。一路上落叶满地，不见其他的人。往茅房眺望，也只见寒云层层，路途遥远。直到初夜时分，诗人才来到目的地。

刚到就听见一声磬音，划破无尽寂寥，在清冷的夜气里激起涟漪。此时诗人已见到这位敲磬的孤僧。他悠闲地倚着一支藤杖，也正默默地看着诗人。在这一刹那，诗人顿悟这个熙攘的世界，在这位老僧的心里，也就是一颗微尘，可能连微尘也没有。当下诗人也获得了同样的感受，发出了"吾宁爱与憎"的感叹。这是明白"世界微尘里"后，一定会有的想法。佛法讲"看破，放下，自在，随缘"，这是因果递进的。看破一定放下；放不下，是因为没看破。诗人于此世界起微尘想，必然会泯灭爱憎，从而得到心灵的宁静。

碧流寺①

[唐] 牛仙客

步步穿篱入境幽，松高柏老几人游？
花开花落非僧事，自有清风对碧流。

注释

①碧流寺：后吴越王钱镠改名为"碧沼寺"，故址在浙江省原新登县南。晋安帝隆安五年建寺。

赏析

前两句写的是碧流寺清幽寂静的环境。"步步穿篱入境幽"写其深幽，且有"曲径通幽"的效果。"松高柏老几人游"写其寂静，因为人迹罕至。后两句"花开花落非僧事，自有清风对碧流"既是写景，又体现禅义。花开在清风中，迎风飘舞，清芳明艳；花谢在碧流里，随流消逝，枯颜凄婉。但面对这清芳明艳与枯颜凄婉，僧人都不动心。不是不知道花开花落，而是深悟"本来无一物"，所以也就惹不上这点"尘埃"了。这已契真如的心，有如清风碧流，自在随缘，任性悠游，虽过花带草，入寺出山，却不着半丝，清净无染。这份清净无染，是连个清净无染的念头也没有的，只是当下花开花落，清风碧流，就是了。最后一句暗含寺名，也暗含善巧。

避暑庄严禅院

［唐］ 李 洞

定里无烦热，吟中达性情。
入林逢客话，上塔接僧行。
八水^①皆知味，诸翁尽得名^②。
常论冰井近，莫便厌浮生。

注释

①八水：八功德水。

②名：即假名。假名而有的意思。三有之一，即假立了名字之后才有的意思，如色受想行识，五蕴因缘和合假名为我，这个"我"其实是色受想行识，没有"我"的自体，而是假立了名字之后才有"我"。

赏析

所谓烦热，究其根源，皆是心造，是妄想执着所致。心入禅定，念虑皆忘，寂用无心，慧性明彻，湛然不动，自然是"无烦热"。第二句"吟中达性情"是诗人另一方面的描写。出定后，低吟浅唱，顺性达情。但因有一番真功夫，自然不会执着在吟唱上，不会被文字纠缠，也

4

只有这样才能真正"达性情"。能如此达性怡情，一切日常行为也就有如行云流水，入林逢客便话，上塔接僧就行，亲切自然，不饰雕琢。随缘度日，不着一尘的禅者风范立现眼前。因为自心清净，所饮之水都具有了八种功德，故曰"八水皆知味"。"诸翁尽得名"是诗人劝导同游诸翁不要执着我有。"我"只是假名而已，自性为空，不可执着。冰凉的井水也是唯心所造，心清则水自凉，而此浮生，也就无所谓厌或不厌。有所厌还是不纠结，得无所厌方是彻底。从本诗来看，诗人是真得个中妙趣。

病 中

[宋] 郑 獬

病来翻喜此心闲，心在浮云去住间。
休问游人春早晚，花开花落不相关。

赏析

诗人在病中写了这首诗。病乃八苦之一，得了病总是苦的。但诗人虽身在病中，心不在病中，非常安闲，没有常人的焦虑。这安闲的心好比浮云一样，或卷或舒，或去或住，都很自在。这份自在来自于无牵挂。《心经》云："心无挂碍故，无有恐怖，远离颠倒梦想。"诗人看来是深明此义的，所以能"病来翻喜此心闲"。从后两句"休问游人春早晚，花开花落不相关"来看，诗人确实有所悟。春不在花开花落，花开不增一份春色，花落也不减一份春色。春在诗人心里，自是不生不灭，不增不减，如如不动，暗合《心经》"是诸法空相，不生不灭，不垢不净，不增不减"。

禅　堂

[唐]　柳宗元

发地①结菁茆，团团②抱虚白。

山花落幽户，中有忘机③客。

涉有本非取，照空不待析。

万籁俱缘生，窅然喧中寂。

心境本洞如，鸟飞无遗迹。

注释

①发地：开辟一块地方。

②团团：禅庵的顶部外形。

③忘机：忘却机心。

赏析

此诗讲理极清，可见柳宗元参禅已有入处，不是一般的徒作文字纷争。首两句讲择一清净之地，搭建一间青茅覆顶的禅堂。三、四句是对禅堂情景的描写。满地山花，将这一独立禅堂装点庄严，"落"字运用巧妙，更显深山幽寂。参禅的僧人，已抛却所有私心，与环境融和无罅。五、六句具体阐述参禅悟透的妙理。证悟空性后，虽然"涉有"，却不会再有执着取相。因为"有"是因缘和合而生，本性自空，无可执着。这个空不待分析而后得，当体即空。证悟体空，也不于此有执着，还须"无所住而生其心"（《金刚经》），涉有行事，只是"终日吃饭，未曾咬着一粒米；终日行，未曾踏着一片地"（《黄檗希运禅师宛陵录》）。七、八句是通过对声音的分析，来进一步说明道理。声音是因缘和合生。所以是喧嚣而长寂。末后两句是全诗总结。已达心境本来性空，则不于森罗万象起一念执着，此森罗万象皆如鸟过长空，不留遗迹。进一步讲，此空不是死寂，不是无鸟飞过，鸟只管飞，妙只妙在不留痕迹上。还有只管悟其性，只是涉空，无所执取。

晨诣超师院读禅经

［唐］ 柳宗元

汲井漱寒齿，清心拂尘服。
闲持贝叶书①，步出东斋读。
真源了无取，妄迹世所逐。
遗言冀可冥，缮②性何由熟。
道人庭宇静，苔色连深竹。
日出雾露馀，青松如膏沐。
澹然离言说，悟悦心自足。

注释

①贝叶书：佛经。贝叶，贝多罗叶，印度人以之写经文。
②缮：治。

赏析

前四句直接围绕诗题展开。诗人一早起来，汲井水洗漱，并且精心拂去衣上的灰尘。从此可以看出诗人对佛法的尊敬与虔信。"清心"点出只有心净，才能真正拂去客尘。接下来诗人来到禅房，随取佛经，步出东斋诵读。此处"闲"字可谓妙笔，说明诗人心中清净，不着烦恼的怡然自在，而以此清净心读经，最能得经妙旨，蒙获摄受。可见诗人深得诵经方法。接着四句是全诗的核心所在。实际真源，不着一尘，自是无所可取，也无能取。只是世人执着染取，才见种种"妄迹"，有能取所取，于烦恼也以为有能灭所灭。"遗言冀可冥"写的是于实际真源，也许只有"忘言"方可有几分相应。因为真源非言语思维可攀缘。接下来诗人又发"缮性何由熟"一问，并以"道人庭宇静，苔色连深竹。日出雾露馀，青松如膏沐"作答。这四句只是写景，并无一字涉及那些高妙的道理，而此中之真义，也只有净心体悟，方得其妙。如何使性熟？只是如此自自然然，活活泼泼，当下承担，不假思索就是。最后两句直写自己的禅悟。离开言说思虑，当下承担，自心本具一切，不假外求。如此是真悟，是真喜悦。

呈芙蓉楷禅师

［宋］　高世则

悬崖撒手任纵横，大地虚空自坦平。
照壑辉岩不借月，庵头别有一帘明。

赏析

"悬崖撒手"比喻彻底放下，一法不执，如此则当下契入真如实相，如来智慧德相自得现前。"任纵横"，真空起妙有，一尘不立而万法圆彰。"大地虚空自坦平"，大地虚空只是自性妙用，直契真如，则"虚空粉碎，大地平沉"，坦坦平平，绝无坎坷。太虚大师《佛乘宗要论》云"证此真心，则已与万有消融一致，四相俱无，我法皆空，大地平沉，虚空粉碎"，正是此义。自此悟得光明不从外来，不从内出，遍一切处皆是。深壑孤岩，也只是光明中物，自是不需借月来照。这个月明，也还是光明中的事。故云："照壑辉岩不借月，庵头别有一帘明。"所谓别有"一帘明"者，即是自性光明。且谓如何是自性光明？"明月松间照，清泉石上流"。

呈黄龙禅师

[唐] 吕 岩

弃却瓢囊摵碎琴，如今不恋水中金①。
自从一见黄龙后，始觉从前错用心。

①水中金：指丹药。

吕洞宾修道有得，在黄龙山拜谒黄龙晦机禅师，问："一粒粟中藏世界，半升铛内煮山川。且道此意如何？"龙指曰："这守尸鬼！"吕曰："争奈囊中有长生不死药。"龙曰："饶经八万劫，终是落空亡。"吕薄讶，飞剑刺之，剑不能入。遂再拜，求指归。龙诘曰："半升铛内煮山川即不问，如何是一粒粟中藏世界？"吕于言下顿契，作本诗呈之。有瓢囊琴剑，犹是有牵挂。依恋金丹长生药，更是与大道不相应。吕洞宾执着在依靠丹药长生不老，则于自己本来面目未曾摸着。这个娘生前面目不生不灭，要什么金丹妙药来使之长生？且吕洞宾所保以长生者，一具皮囊而已，并非真实自我，所以被呵斥"守尸鬼"。如今经黄龙点播，识得这个守尸鬼，自然是"弃却瓢囊摵碎琴，如今不恋水中金"，也明白从前用错了心。

澄元谷

[宋] 苏 辙

石门日不下，潭镜月长临。
细细溪风渡，相看识此心。

赏析

这是《题李公麟山庄图》二十首诗的第十一首。澄元谷既然是谷地，四周皆是高山。尤其是石门山，挡住太阳，使谷地阴凉幽静，故云"石门日不下"。"潭镜月长临"，月亮倒影在谷中清潭，更显深谷清净。因为谷中基本上一直是清凉阴幽的，就给人造成了月亮长时间照临的感觉。潭中水溢，顺山而下，汇出一条小溪。此时山风微起，吹皱潭水，拢起细波。最后一句"相看识此心"点破机关，突出禅趣。只此深谷幽潭，日临月照，微风细流，波动影碎，正是着眼处，正是久觅不得之第一义。故云"相看识此心"。

酬晖上人①秋夜独坐山亭有赠

[唐] 陈子昂

钟梵经行②罢，香床坐入禅③。

岩庭交杂树，石濑泻鸣泉。

水月④心方寂，云霞思独玄。

宁知人世里，疲病苦攀缘⑤。

注释

①晖上人：大云寺僧圆晖。赞宁《高僧传》称他"精研性相，善达诸宗"。

②经行：在一定的场所往复回旋行走，避免坐禅时发生昏沉或睡眠。

③入禅：此处为入定，使心定于一处，止息身口意之三业。

④水月：水中之月，大乘十喻之一，以譬诸法之无实体。

⑤攀缘：攀取缘虑之意，心随外境而转的意思。

赏析

首联叙述了晖上人午后颂经，黄昏经行，晚上禅定的日常佛事。巧妙地安排了时间的过渡。秋夜晖上人禅坐之际，"岩庭交杂树，石濑泻鸣泉"的禅院也随着充满了幽寂的禅意。颈联由景到人，讲述了晖上人的禅悟境界。禅定使心波平静，从而智慧现前，如同水面清静时，能显出月影。依靠智慧，观察到诸法本无实义，如同水月虚幻，则能远离而不生染着，成为觉者。如《圆觉经》说"知幻即离，离幻即觉"。"云霞"聚散无常，万法何尝不是如此？能领会这个，还不能说是"思独玄"。"思独玄"之处应是在于了知无论云霞聚散遮露，青天从来不变，如同真如佛性，"不生不灭，不垢不净，不增不减"（《心经》）。尾联点出世人不能如晖上人般远离幻法，息除攀援，饱受病苦，实在是无奈又可怜。最后一句当是从《维摩诘所说经》"何谓病本？谓有攀援"化出。

酬孝甫见赠（其六）

［唐］ 元 稹

莫笑风尘^①满病颜，此生原在有无间。
卷舒莲叶终难湿，去住云心一种闲。

注释

①风尘：比喻尘世纷乱。

赏析

从首句来看，诗人此时当是"尘满面，鬓如霜"，病颜憔悴。但因他对于禅理妙义已有所领会，"生死即涅槃，烦恼即菩提"（《六祖坛经》），所以这些个穷通寿夭，他也不怎么放在心上了。虽叫人"莫笑"，实是笑不笑都无所谓，不妨一笑。"卷舒莲叶终难湿，去住云心一种闲"两句即是以譬喻来阐明自己的所悟所体。莲叶不沾水，水不能使之湿，以此譬喻清净本源，任众生种种颠倒，不能使之染垢减损；任贤圣累劫勤修，不能使之净明增益。这个真如实相，始终是"不生不灭，不垢不净，不增不减"的。悟得此道，任云去云住，动静染净，心只是闲歇，此是大自在，大安乐，大光明，大解脱。诗人于此当有所得，所以能于违顺境界，皆坦然处之。

酬张少府

[唐] 王 维

晚年惟好静，万事不关心。
自顾①无长策，空知返旧林。
松风吹解带，山月照弹琴。
君问穷通②理，渔歌入浦③深。

注释

①自顾：照顾自己。
②穷通：阻塞与通达。东晋慧远法师曾著有《穷通论》。
③浦：水边或河流入海的地方。

赏析

诗人晚年不再挂心万端世事，追求宁静平淡的环境与生活。"自顾无长策"一语的背景是恶劣的政治环境，让诗人没有妥善的方法保全自身。当时张九龄已罢相，李林甫大权独揽，朝政日益不堪。在这种情况下，诗人能做的就是回归山林。一个"空"字透出几许无奈和对唐王朝的担忧。山林生活渐渐平息了原有的一丝浅愁。"松风吹解带，山月照弹琴"，一切都显得自然亲切，好像很平常，却又包含了无穷禅义。清闲自适，任运随缘，喜悦消泯了忧愁，充满生活的每一角落。尾联以"渔歌入浦深"诠释"穷通理"，似答非答，不答而答，实在是深有意趣。禅宗接引学人，常常是用些不合思维逻辑，但又是真实无妄的语言，打断问者心念攀援，助其开悟。如有僧问洞山良价："如何是佛？"山云："麻三斤。"深入宗门的诗人在此也不循问而答，而是拈出一句"渔歌入浦深"，到底什么意思？参。

出定力院①作

［宋］　王安石

江上悠悠不见人，十年尘垢梦中身。
殷勤为解丁香结②，放出枝间自在春。

注释

①定力院：是赵匡胤未作皇帝以前住家的地方，内画赵匡胤父母像作为纪念。

②丁香结：丁香结，即丁香的花蕾，来象征人们的愁心。

赏析

首句"江上悠悠不见人"描写诗人步出定力院后，只见江水悠悠，空无一人，心胸为之一阔。从此想到自己在生死大梦，俗世尘垢中辗转的十年，也随流水消逝得无影无踪。所以有了"十年尘垢梦中身"这一句。诗人参禅有得，精通佛法，就此又进一步打开局面，表达自己解开烦恼结，突显真如光明自在春色的愿望，故云"殷勤为解丁香结，放出枝间自在春"。丁香结，在古人的诗词中常喻愁心，如李商隐《代赠》中有"芭蕉不展丁香结，同向春风各自愁"，南唐李璟的《浣溪沙》有"青鸟不传云外信，丁香空结雨中愁"。最与本诗相像的当是陆龟蒙的"殷勤与解丁香结，从放繁枝散诞香"，本诗后两句应该是从此处化出。但此诗的丁香结当解释为烦恼结更妥当。全诗气势宏荡，气象广阔，王安石的世俗理想与出世理想都能表达出来。

出　山

[宋]　陈与义

山空樵斧响，隔岭有人家。
日落潭照树，川明风动花。

赏析

诗人行走在空山中，只听得伐木声清脆地响着，因此判断"隔岭有人家"。皎然有诗云："诗情缘境发，空性唯寂静。"因此诗人多作空山之句，如王维有"空山不见人""夜静春山空"。陈与义此处"山空"当也寄有空性之念。此时已是日暮时分，空潭净水反映余晖，独照斜阳树。此处不是日照，是水的反光，景色之朦胧空灵，无以复加。川水澄明，微起细波，清风徐来，摇动山花，在一份空灵中流出一些飘动的颜色，更添微妙。动静光影，暮树川花，诗人追求的"语简而益工"完全展现。多少禅趣也同时被收其中。禅本无处不是，什么诗词文章，举止作略，都是禅。只是像这样的诗比较能激发起一种清净的感觉，让人觉得离禅"近"了。

慈恩寺塔下避暑

[唐]　刘得仁

古松凌巨塔①，修竹映空廊。

竟日闻虚籁，深山只此凉。
僧真生我静，水淡发茶香。
坐久东楼望，钟声振夕阳。

注释

①巨塔：大雁塔。创于唐永徽三年（652），为保存玄奘由印度带回的佛经而建，在慈恩寺内。塔本名慈恩寺塔，后据《大唐西域记》所记印度佛教传说故事而名雁塔。至于称大雁塔则是为与后建的荐福寺小雁塔相区别。

赏析

避暑慈恩寺是当时士大夫的一大乐趣，也是作诗的一个好题目。诗人也在某个夏日来到了慈恩寺避暑，也避尘。"古松凌巨塔，修竹映空廊"，从视觉入手描写。高挺的松树陪衬着雄伟的大雁塔，使心胸顿觉高阔。转目所见，情趣大异。修竹生凉，空廊无人，幽冷之感扑面而来。诗人在寺里待了一整天，只闻得风过草木之声，并且觉得周围山中，就这寺里最清凉。颈联"僧真生我静，水淡发茶香"，是全诗的眼，点出更深的意境。诗人探究此处格外清凉的原因，是因为僧人的清净修行才使环境跟着变得格外幽静清冷。就像好的水，能将茶香发挥到极处，"三分茶，七分水"，就是这个道理。再清凉的地方，如果人多喧闹，心浮气躁，恐怕也不会令人惬意。尾联"坐久东楼望，钟声振夕阳"使全诗结束在悠扬的钟声里，使诗的意境并这份清凉绵绵无尽，沁入心脾。

次韵盖郎中率郭郎中休官（其二）

［宋］ 黄庭坚

世态已更千变尽，心源不受一尘侵。

青春白日无公事，紫燕黄鹂俱好音。

付与儿孙知伏腊，听教鱼鸟逐飞沈。

黄公垆下曾知味，定是逃禅①入少林。

注释

①逃禅：一般多以之为学佛之意，此是逃而入禅。也有认为是违背佛教，即逃而出禅之意。此处当取前者。

赏析

首联"世态已更千变尽，心源不受一尘侵"讲盖郭二人阅尽世态炎凉，心境渐高，种种妄想追求已多平息，不再轻易为外尘染着。犹如《菩提心论》曰："妄若息时，心源空寂。"但所谓"不受一尘侵"，应该是诗人对二人的赞叹兼鼓励。颔联讲述两人心源渐清，享受到了"青春白日无公事，紫燕黄鹂俱好音"的平常生活。"若无闲事挂心头，便是人间好时节"（黄龙慧开语），岂止紫燕黄鹂，只一切声，皆是好音。"付与儿孙知伏腊"，是指二人已将"伏祭""腊祭"这样的大事也都交给了儿孙，不再过问。剩下的只是"听教鱼鸟逐飞沈"。尾联"黄公垆下曾知味"，典出《世说新语》，讲王戎经过黄公酒垆，感念昔日同此共饮的嵇康、阮籍俱已作古，不胜死生今昔之痛。此处义为盖郭二人深知生死无常的道理，所以归隐修禅，以期彻悟出离。这也是诗人对世人的警策。

次韵旸叔见示伽陀①

[宋]　李弥逊

无形何用强安名，只么腾腾信脚行。
一事到头犹是幻，万缘无尽少留情。
云归夜壑空难状，月落秋江影自生。
唯有庞家老居士，不将尘境碍虚明。

①伽陀：又作伽他，译曰句颂、孤起颂、不重颂。

大道无形，所以难以起个名字，正如老子所说"吾不知其名，强名之曰'道'"。若从名字上纠缠推理，实在是难以一窥真容，但一窥真容也不离名字。如何能一窥真容？"只么腾腾信脚行"，在举手抬足间，皆是真容泄漏，藏都藏不住。但"只么腾腾信脚行"这样的领会也是幻，也要扫除干净，干净也干净掉。在一片真干净中，万缘无尽，万有森罗，面对这样的森罗万象，只其本净，只其如幻，就不要自作多情了。"云归夜壑空难状，月落秋江影自生"，不自作多情，则眼前一片清净，处处真如自在。既然处处真如自在，尘境非尘境，虚明非虚明，自然没有什么相碍处。不见相碍，也不见不相碍，这才是"不将尘境碍虚明"。庞居士大彻大悟，也无所谓将不将，碍不碍了。本诗反映了诗人禅学深厚和对庞居士的追慕之情。

答讲僧

[宋]　朱　炎

四大①不须先后觉，六根还向用时空。
难将语默呈师教，只在寻常语默中。

注释

①四大：地大、水大、火大、风大。地以坚硬为性，水以潮湿为性，火以温暖为性，风以流动为性。佛教认为世间的一切有形物质，都是由四大组成。

赏析

据南宋胡仔《苕溪渔隐丛话》记载，"朱炎学禅久之，忽于《楞严经》若有得者，问讲僧义注云：'此身死后，此心何在？'注云：'此身未死，此心何在？'炎良久以偈答之。"本诗即所答之偈。"四大不须先后觉"，众生本来是佛，自性清净，本来就觉，所以没有什么"先后觉"。这个清净自性在哪里呢？如临济义玄云："有一无位真人，在汝诸人，六根门头，放光动地。"当六根作用时，当体即是空，不待去除六根，全然无用时才是自性清净。故云"六根还向用时空"。"难将语默呈师教，只在寻常语默中"，这个无位真人非语非默，即语即默。言语道不得，不妨广说略说尘说刹说无尽说炽然说；无声岂就是，尽可沉默寂默静默脉默刹那默累劫默。会不得，语默皆乖；会得，语默皆得。这两句诗的意思就是不在语默也不离语默。此处当如何会？且将语默呈师教，岂在寻常语默中？

答有需禅师

［宋］ 陈 易

年来多病爱栖禅，宝鉴慵将照丑妍。
却忆南湖孤顶月，定回金磬落岩前。

赏析

第一句"年来多病爱栖禅"，说明了诗人学禅的原因。因病向禅的人，在古代士大夫中有很多，比如李贺、陈与义。这样的诗句也很多。如陆畅的《下第后病中》云："献玉频年命未通，穷秋成病悟真空。"郑獬《病中》云："病来翻喜此心闲，心在浮云去住间。""宝鉴慵将照丑妍"，表面意思是因为病了，懒得照镜；更深一层，则是表明自己已不分别丑与妍。这是一份栖禅后得到的洒脱。三四句回忆自己与禅师曾在南湖共同赏月听磬的美好交往。"却忆南湖孤顶月"，南湖边当有山，山顶中峰明月朗照，山下湖水银波，的确是美景。"定回金磬落岩前"，是诗人遥想现在南湖应该依旧水月空明，金磬袅袅。而这一切，正是自己禅心的写照。想必好友有需禅师是完全能理解的。

登总持寺① 浮图②

［唐］ 孟浩然

半空跻宝塔，晴望尽京华。

竹绕渭川遍，山连上苑斜。

四郊开帝宅，阡陌逗人家。

累劫③从初地④，为童忆聚沙。

一窥功德见，弥益道心加。

坐觉诸⑤天近，空香逐落花。

注释

①总持寺：隋大业年间建，故址在今陕西长安县。

②浮图：亦作浮屠，休屠，皆佛陀之异译。此处指佛塔。

③劫：劫波简称，梵语 kalpa，义为不可计算之长大年月。有大、中、小之分。

④初地：菩萨乘五十二位中十地之第一，即欢喜地。谓菩萨智同佛智，理齐佛理，彻见大道，尽佛境界，而得法喜，登于初地。

⑤诸天：指三界二十八天，欲界六天、天色界十八天、无色界四天。

赏析

本诗前六句，通过诗人登塔所见，描写了长安的景色。渭河两岸，翠竹依绕，山水明快。上苑绵延逶迤，直接远山。京郊到处耸立着帝王公侯的华贵豪宅；阡陌纵横的田园上，农户田舍也自然地散落。在身处半空的诗人看来，这一切都是大地上的平等点缀，如同杂色香花盛开。由此引发了进一步的感悟。佛教讲从初地欢喜地修至七地远行地，须经一大阿僧祇劫，从八地不动地至成佛，还须经一大阿僧祇劫。故曰："累劫从初地。"而"为童忆聚沙"则是由《法华经·方便品》"乃至童子戏，聚沙为佛塔，如是诸人等，皆已成佛道"化出。此处既说明童子聚沙亦远种佛因，也进一步说明成佛须经无量的努力。更巧妙的是此二句皆与塔有联系：童子聚沙自不必说了，而"初地"一句则可引申到再高的塔也从地上垒土而成。"一窥功德见，弥益道心加"，讲述初地菩萨初窥心性功德现前，进而更加精进，以期圆成佛果。最后再次切题，既是因身在高塔而"坐觉诸天近"，同时也因为心系佛法，能感诸天欢喜，自觉相近。末句暗用散花典故，更加凸显自己心合佛法，并使全诗结束于幻美的氛围。

定　僧

[唐]　元　稹

落魄闲行不著家，遍寻春寺赏年华。
野僧偶向花前定，满树狂风满树花。

赏析

诗人人生不得意，所以开头就是"落魄"二字，极有震撼力。在落魄无聊之时，多数人的选择会是"回家"，但诗人只是信步闲行，并不急着回家。一个"闲"字表示诗人又好像不是特别痛苦。原因是元稹久依佛门，所以在落魄之际犹能安然处之。诗中也以"遍寻春寺赏年华"做出解释，同时也是这种安然心态的写照。境遇是随缘而生的，好或不好都犹如梦幻空花，不碍自性清净，法喜充满。诗人深谙佛理，想必于此早已通达。所以落魄不妨"遍寻春寺赏年华"，不随境转，自在欢喜。后两句可能是诗人偶然看见的情景，也可以理解为是诗人的自画像。此处狂风与花为相对物境的象征。可以理解为命途多舛与人生得意，险恶与祥和，动与静等一切相对事物。禅者心定，于此一切相对俱不取。正如诗人自己落魄也闲，不落魄也闲。

东峰白云院

［宋］ 杨 杰

僧爱白云溪上飞，白云飞处敞禅扉。
莫言便是无情物，忆着故山依旧归。

赏析

　　寺院建在高高的东峰上，自然终年被白云围绕，于是就叫"白云院"。全诗四句，句句围绕白云展开，深契主题。"僧爱白云溪上飞"，僧人的"爱"自然不是世俗的情感，而是一种与白云同体自在的喜悦。这白云也不是死寂的，而是活泼"飞"逸。反映出僧人的心不是一潭死水，而是于清净中能有活泼泼的妙用。学佛不是学枯木冷岩，活泼泼，洒脱脱才是禅者的风度。"白云飞处敞禅扉"，僧人很了解白云，为它打开门窗，除去滞碍。同时也是打开心扉，放下自我，融天地万物三界十方于一心。"莫言便是无情物，忆着故山依旧归"，这两句将白云视作有情，进一步将僧与白云打成一片，突出无情有性，一切皆是真如显现的思想，消泯无情与有情的界限。此处白云心有依归，好像是有所执着了，但若不许有此依归，岂不也是执着一端？有归无归俱不滞，来去自如不动心。

东 溪

[宋] 梅尧臣

行到东溪看水时，坐临孤屿发船迟。
野凫眠岸有闲意，老树着花无丑枝。
短短蒲茸齐似剪，平平沙石净于筛。
情虽不厌住不得，薄暮归来车马疲。

赏析

"行到东溪看水时，坐临孤屿发船迟"，诗人步行到东溪边，静坐孤屿，等待船发。平淡清新，闲缓安适，很有王维"行到水穷处，坐看云起时"的味道。颔联描绘的是诗人坐待船发时所见景致。"野凫眠岸有闲意，老树着花无丑枝"，纯属妙手偶得之写景佳句。方回在《瀛奎律髓》中赞其为"当世名句，众所脍炙"。纪昀《瀛奎律髓评》肯之为"名下无虚。"野凫安详地在水岸边小憩，一片闲意同于天地。老树枝古，形态纵横，更兼放出新花，绝无一点丑态，全然满树绚美。颈联继续写景，目光转到溪中。"短短蒲茸齐似剪"，水中遍生蒲草，绿连汀洲，整齐似剪。"平平沙石净于筛"，溪中沙石在溪水的不仅冲刷中，早已变得光滑圆润，净洁似筛。如此风景，令人流连，但毕竟还有很多世事等着去做，诗人不得不离溪而返。薄暮时分，一路归去，车马疲惫，但还是要在这人生路上，坚忍地走到终点。

冬日题无可上人院

[唐] 喻 凫

入户道心生，茶间踏叶行。
泻风①瓶水涩，承露鹤巢轻。
阁北长河气，窗东一桧②声。
诗言与禅味③，语默此皆清。

注释

①泻风：漏风。

②桧：常绿乔木，也称"刺柏"。

③禅味：指入于禅定时，身心适悦、轻安寂静之妙味，即禅乐和禅定之法悦。《大乘无生方便门》云："贪着禅味，堕二乘。"

赏析

首句"入户道心生"，从诗人自己的心理感受出发，迅速突出主题，反映出无可上人院的清净幽寂，和上人高超境界的影响力。诗人沿着茶树，踏叶而进，在院中依次看到了"泻风瓶水涩，承露鹤巢轻"的景色。在穿越院内的自然天趣后，诗人来到了禅房内。临窗北望，大河雄阔入眼，显得十分宽广。而此时又隐约传来樵夫伐桧的声音，更显宁静。在这样的宁谧环境和清净心地中，流露出的诗语与禅默，全是一味清净，暗合妙道。全诗无一字提及无可上人，全是诗人所见所闻所想，但给人的感觉，好像无可上人一直陪着诗人，从走进院子到最后发出"诗言与禅味，语默此皆清"的感悟。因为佛法认为心与环境只是一个，不是两个，所以诗人的所见所闻，全都充满了上人无所不在的心境，给人强烈的存在感。

独 立

[宋]　陈与义

篱门一徙倚，今夜天星繁。
独立人世外，唯闻涧水喧。
丛薄凝露气，群峰带春昏。
偷生亦聊尔，难与众人言。

赏析

　　诗人夜半无眠，披衣独起，倚门而立。仰望苍穹，"今夜天星繁"。高旷之气至此已发。"独立人世外，唯闻涧水喧"，这样的高旷，来源于诗人"独立人世外"。此时又闻涧水传声，好像在不停地说着玄理。诗人于此是很能听明白的：只有心可独立人世外，心外则身外。转目身前，只见花丛上集起了繁星降下的露气；放眼山外，群峰连绵，昏暗中也带出几分春色。故而有了一联"丛薄凝露气，群峰带春昏"。由景到心，诗人不禁念及自己这样的于浮世中偷闲安居，也实在是很难向别人说；说了别人也不领会；就算有所领会，也未必是自己现在的领悟。陶潜有诗云"此中有真意，欲辨已忘言"，正是此义。由此联想到那个多少人心向往之的"道"，也是非言语能道，所谓"道可道，非常道"。所以禅宗讲"不立文字"。虽然文字语言不离道，但文字语言太容易让人产生执着，以指为月，"一句合头语，万世系驴橛"，所以祖师或喝或棒，或说无义味语，钳锤学人，勿落陷坑。可惜多有不会旨意，又复

26

在棒喝无意味语上，被人换却眼睛，不认自家风光。

读禅经

[唐]　白居易

须知诸相皆非相，若住无馀①却有馀②。
言下忘言一时了，梦中说梦两重虚。
空花③哪得兼求果，阳焰④如何更觅鱼。
摄动是禅禅是动，不禅不动即如如。

注释

①无馀：无余涅槃。

②有馀：有余涅槃。

③空花：空中之花。病眼者见空中有花，但虚空原无花，只是病眼之所见。譬喻妄心所计之诸相并无实体。

④阳焰：大乘十喻之一。阳光照射在旷野上所产生的幻相，渴者见之以为水。

赏析

《金刚经》云："凡所有相皆是虚妄，若见诸相非相，即见如来。"又云："应无所住而生其心。"无余涅槃也是不可住。若住于无余，执着无余，即见无余相，自然不得究竟，落于有余。故曰"若住无余却有余"。究竟真理，言语道断而不可言说，心行处灭而不可思议，所以"言下忘言"则一时顿悟。经云"一切有为法，如梦幻泡影"，人生即是一场大梦，而于此梦中大说"人生如梦"，就是"两重虚"。凡夫所

27

执种种，无非空花。空花只因病目起，并非实有，只是目愈则空花自无，于此不可执着求个空花灭处。譬喻修行，只是复众生本有之如来智慧德相，并非更可得个什么空花之果。即无所灭，亦无所得。阳焰觅鱼，也是这个意思。禅与动，俱是空花，不可执着。以禅斥动，以动斥禅，或禅动相融，皆入执着之中，难于如如相应。禅动具不执着，不执着亦不执着，自然是"不禅不动即如如"了。

对酒（其二）

[唐] 白居易

蜗牛角上争何事，石火光中寄此生。
随富随贫且随喜，不开口笑是痴人。

赏析

这个世界看着挺大，但若放入无尽的十方来看，连蜗牛角都不是。人生百年，好像挺长，但在无始无终的时间中，比作石火光阴犹嫌短。诗人以此两句，警醒世人不必太计较得失穷通，为些看来很重要，其实也就芝麻绿豆大的事争得头破血流。应贫富皆安乐，常开大笑口。但这份境界岂易得之？诗人也不会只是有了这点见解，就能安贫乐道，笑口常开了。更重要的是领会无碍妙义，才能如此豁达。华严境界，空间上，小大无碍，芥子能纳须弥山，一毛孔中有三千大千世界；时间上，能融三世于一念，能于一念见三世。不过"人世难逢开口笑"（杜牧），看来能深达妙义，笑口常开的人不多。

鄂州^①南楼书事（四首之一）

[宋] 黄庭坚

四顾山光接水光，凭栏十里芰荷香。
清风明月无人管，并作南楼一味凉。

①鄂州：今湖北省鄂州市。黄庭坚被谪，先后任鄂州知州、监酒。隔江即是黄州，苏轼贬谪之地。

赏析

黄山谷师从黄龙晦堂，晦堂曾以"二三子以我为隐乎？吾无隐乎尔"相问，山谷不解，后晦堂于山谷闻得木犀香时，重提此话，山谷大悟。睁眼观花，放鼻闻香，此处活泼天然，无隐无显，识得当面认，不识历劫违。从这段经历出发，再来读这首诗，别有一番意趣。从诗来看，黄山谷屡遭贬谪，但登眺南楼，作诗纪事，却不见有一丝忧恨露出，看来他真是于"山光接水光，十里芰荷香"处，识得本来清净。既识得本来清净，则诸法皆是一味。这一味非凉非热，亦凉亦热，只是"如人饮水，冷暖自知"。从此处自可生出"清风明月无人管，并作南楼一味凉"。只是这味凉若着于心头，则非究竟。长沙岑有偈云："百尺竿头不动人，虽然得入不为真。百尺竿头须进步，十方世界现全身。"直待这味凉忽然脱落，方是真清凉。

饭覆釜山僧①

[唐] 王 维

晚知清净理，日与人群疏。
将候远山僧，先期扫敝庐。
果从云峰里，顾我蓬蒿居。
藉草饭松屑，焚香看道书。
燃灯昼欲尽，鸣磬②夜方初。
一悟③寂④为乐，此生闲有余。
思归何必深，身世犹空虚。

注释

①饭僧：即斋僧，请僧人应供。

②磬：为铜制钵形的法器。法会或课诵时，作为起止之节。有大、小之分。

③悟："迷"之对称，生起真智，反转迷梦，觉悟真理实相。

④寂：又作灭，涅槃之别称。乃指度脱生死，寂静无为之境地。

赏析

诗的前六句写出晚年的归心处，以及候僧、僧至的情形。诗人一生倾心佛法，至晚犹愈，完全归心清净佛理。"日与人群疏"既写自己每日用功修行，疏于与人交往，又透出曲高必然和寡。诗人对将来应供的山僧充满了尊敬，并且向往云峰上的生活。接着四句是对当日饭僧生活的叙述。大家坐在草垫上，以松子为食，既简朴又脱尘绝俗。食罢焚香阅经，获取精神食粮。在一片氤氲祥和中，时间倏忽而过，而沉浸于佛理禅味中的诗人并未有所察觉。直到灯燃磬鸣时，方猛然知昼去夜来。这既是禅定的体现，又表明时间是相对的。最后四句是全诗画龙点睛之处。"一悟寂为乐"描述诗人在与僧人一起读经参修中豁然有悟，从而深得寂灭之乐。从"一悟"可以看出诗人修行方法是属于提倡顿悟的南宗，所谓"迷来经累劫，悟则刹那间"是也（《坛经》）。既悟寂乐，就是"绝学无为闲道人"（永嘉《证道歌》），故曰"此生闲有余"。已悟之人，自然是没有山深水浅这样的执着，处处是归处，处处是"云峰"，所以有"思归何必深"一问。"身世犹空虚"是要进一步说明自身与世界都归于空性，无所谓深或不深。

枫桥① 夜泊

[唐] 张 继

月落乌啼霜满天，江枫渔火对愁眠。
姑苏城外寒山寺②，夜半钟声到客船。

注释

①枫桥：位于苏州城西的古运河。
②寒山寺：开创于南朝梁代天监年间（502—519）。相传唐元和年间，寒山、拾得在此结草庵，其后，希迁创建伽蓝，号寒山寺。

赏析

本诗为描写夜半钟声的名篇。首两句运用铺陈的手法，以残月西沉，乌鸦啼叫，霜华满天，旅人孤卧客船，独对江枫渔火来极写夜深难眠，愁绪万端。有明有暗，有动有静，或近或远，或声或寂，手法高超，成功地将读者带入诗人营造的清夜愁情中。正在愁得不可开交处，忽然寒山寺的钟声荡破夜气，绵绵传来，顿扫前愁，使心绪归于平静。李白在《春夜宴桃李园序》中说："夫天地者万物之逆旅；光阴者百代之过客也。而浮生若梦，为欢几何?"此处客船暗合此义，感叹人生一世，犹如过客，不知归宿何在。说到"客"字，佛法中将烦恼喻为"客尘"，因为"心本清净，无有尘垢。尘垢事会而生，于心为客尘也"（鸠摩罗什）。而钟声譬喻佛法，依靠佛法的修持，可以去掉客尘烦恼。

父子相守空山坐

［唐］ 庞 蕴

父子相守空山坐，无相①如如②寄有闲。
世人见静元无静，看似闲时亦不闲。

注释

①无相：于一切相，离一切相，即是无相。又，无相为涅槃的别名，因涅槃离一切虚妄之相。
②如如：此处指如如不动。又，如如是不变不异真如之理。

赏析

相传庞居士一家四人都是开悟闲人，所以第一句话就可以理解为：诗人与儿子一起在山里相对而坐，无所事事。原因是他们都已悟达无相，如如不动。也只有像他们那样已悟无相的人，才能说得上"有闲"。尘世中，妄想执着，知见纷扰的凡夫，"又得浮生半日闲"，也只是身闲。"世人见静元无静"又将"静"的概念破除。"静"是相对"动"才成立的，大悟之人已泯灭对待，无有"动""静"这样的相对概念，连这个"无有"也无有。所以说世人看他们是静，但他们自己不落静中，是"元无静"。以此理解之，最后一句"看似闲时亦不闲"也可明白。本来就没个"不闲"在，也就谈不上"闲"。所以闲也可以，不闲也可以，你看他闲，他又不闲了，你看他不闲，他又真是闲得不得了。总之，此中之闲与不闲，不是用世情揣度能理解的。如永明延寿禅师《山居诗》诗云"樵夫钓客虽闲散，未必真栖与我同"，悟者的闲静闹动，不与世人同。

感　兴

[唐]　李　端

香炉①最高顶，中有高人住。
日暮下山来，月明上山去。

注释

①香炉：庐山有香炉峰。此处借指高峰。

赏析

此诗就是四句大白话。在香炉峰顶的最高处，住着位有道高人。太阳到了黄昏就在西边落下，月亮接替太阳，从东边升上了山。初读之下，如淡水无滋味。但仔细一品，又觉得回味无穷，尤其是后两句，大有"行到水穷处，坐看云起时"的妙趣。居最高顶是实情，也是比喻。悟后之人，直入最高绝处，故常以登临孤峰比拟。如李翱赞药山禅师云："有时直上孤峰顶，月下披云啸一声。"此处言此高人居于最高顶，是以此比喻说明他已悟真如。悟后又如何呢？"日暮下山来，月明上山去"是回答。悟寂灭之理，不是进入死寂，而是任运度生，不着痕迹。如日月之行于虚空，虚空不动。且此日月运行，又何尝动过半分？

观壁卢九想图

[唐]　包　佶

一世枯荣无异同，百年哀乐又归空。

夜阑鸟鹊相争处，竹下真僧①在定②中。

注释

①僧：僧佉、僧伽的略称，三宝之一。意译为众、和合众。比丘三人以上始称为僧伽。在我国，则单一人亦称为僧或僧侣。

②定：心住于一境而不散乱。具体分类，繁多复杂。

赏析

无论是枯是荣，到头一死，并无区别。"公道世间唯白发，贵人头上不曾饶"。从此再看种种悲哀欢乐，在时间的流逝中，谁也不能使之常住不变。一切悲哀终将逝灭，"时间会抚平所有的伤口"。快乐也是如此。原因就是"诸法因缘生，诸法因缘灭"。因缘所生之法，本无实性，自不常住。所谓"诸行无常，诸法无我"是也。当因缘变化了，没有自性的枯荣哀乐也必将变化消失。这样的无常事实，芸芸众生却强作不知，自欺欺人，为些许名利财色争红眼，犹如鸟鹊相争，真为可怜悯者。何如竹下真僧，深入禅定，深契实相，而得"涅槃寂静"的寂灭之乐！此大安乐非从缘起，非从缘灭，本自具足，不生不灭，是众生终极归处。诗人在此表达了对尘世强烈的厌离，和对寂灭为乐的追求。

观　潮

［宋］　苏　轼

庐山烟雨浙江潮①，未到千般恨未消，
到得还来无别事，庐山烟雨浙江潮。

注释

①浙江潮：浙江钱塘潮，自古蔚为天下奇观，又以海宁潮为最。苏东坡有"八月十八潮，壮观天下无"等诗句。

赏析

青原惟信禅师云："老僧三十年前未参禅时，见山是山，见水是水。及至后来亲见知识，有个入处，见山不是山，见水不是水。而今得个休歇出，依前见山只是山，见水只是水。"东坡此诗，与此正是意趣相同。以"庐山烟雨浙江潮"喻指本来面目。这个面目，人人具有，个个无缺。若不知有时，全体埋没，但却仗其不可思议力，吃饭睡觉，动静行止，囫囵过日子。若因知识启发，知道了本来具足如来智慧德相，则从此食不知味，辗转难眠，种种方便要找它出来，亲自见到，方能消去"千般恨"。等到踏破铁鞋千双，猛然见得"春在枝头已十分"，当下肯认，不再有疑，则又一时具足，自无别事可行。所谓"饥来吃饭，困来睡觉"，吃饭时吃饭，睡觉时睡觉，庐山烟雨浙江潮就是庐山烟雨浙江潮。

题广福院[①]

[宋] 许广渊

溪光山色照天晴，开豁襟怀远眼明。
每日风清生竹韵，有时雨过沸滩声。
夷犹水上渔舟逸，奋迅檐前燕翼轻。
珍重老僧无个事，坐观群动竞经营。

注释

①广福院：旧址在浙江新登贤明山。原名水陆院，宋真宗大中祥符年间改名广福院。

赏析

首联"溪光山色照天晴，开豁襟怀远眼明"写"色"。溪水澄明而生光，晴朗碧蓝的天空与青翠的山色，倒映在水面上。这样的景色使诗人襟怀大开，眼界远放。喜悦的心情已充满世界。颔联"每日风清生竹韵，有时雨过滩沸声"写"声"。清风抚竹，雅韵胜琴；时雨击水，沸声如鼓。此处妙音，洗尽嚣尘。颈联"夷犹水上渔舟逸，奋迅檐前燕翼轻"写"动"。渔舟在水上轻荡，荡开一曲渔舟唱晚；燕翼于檐前速滑，滑出几世燕翼贻谋。尾联"珍重老僧无个事，坐观群动竞经营"写"静"。老僧无事，净心观照群动经营；诗人有意，畅情描写众生行止。此老僧无个事时是个什么模样？苍雪大师的一首诗道出了答案：南台静坐一炉香，终日无心万虑忘；不是息心除妄想，只缘无事可商量。此诗用笔清畅，刻画细腻，将广福院的离尘胜景，和盘托出。

归故园

[唐]　朱庆馀

桑柘^①骈阗^②数亩间，门前五柳^③正堪攀。
尊中美酒长须满，身外浮名总是闲。
竹径有时风为扫，柴门无事日常关。
于焉已是忘机地，何用将金别买山？

注释

①桑柘：桑树与柘树。
②骈阗：聚集，罗列。
③五柳：陶渊明门有五柳，自号五柳先生。《五柳先生传》云："宅边有五柳树，因以为号焉。"

赏析

本诗的核心在于尾联的"于焉已是忘机地，何用将金别买山"。前三联，都是对于诗人所谓的"忘机地"的描写。房子周围有几亩桑树与柘树排列。门前种着五棵柳树，就像陶渊明的一样，时不时可以倚之歇息。酒是一定要有的，不但要有，而且要时时满尊，"莫使金樽空对月"（李白《将进酒》）才尽兴。浮名身外物，就一直"闲"着好了。追求浮名，哪有现在这样好：清风时常穿过竹林，寻径入室；没人来，也不用出去应酬，所以柴门经常关着。"结庐在人境，而无车马喧"，也就是这样了吧。只要"心远"，这里就是隐居养性的好地方了，不必再入深山。如果心不净，那搬到多远的山里，也是没有闲暇。全诗朴实流畅，将"平常"生活演绎得万分诱人，虽然新意不多，但也能让人读之神往了。

十九日归洛城路游龙门

[宋] 邵 雍

无烦物象①弄精神，世态何尝不喜新。
唯有前塈好风月，清光依旧属闲人。

注释

①物象：动植物在不同环境中显示的现象。

赏析

首句"无烦物象弄精神"是指无情事物焕然一新，树长草绿，显得很有精神。由此诗人感叹"世态何尝不喜新"。人更是喜新厌旧，追逐不休。诗人显然不愿做个喜新厌旧的世俗人。于是他说到"唯有前塈好风月，清光依旧属闲人"，表达了做个闲人的自有乐趣。这份乐趣不同于追逐世俗，也非世俗人能明白。此处还需注意的是，风月清光遍洒大地，并不专属某些人。所谓"依旧属闲人"，是指唯闲人能得之。《华严经》云："菩萨清凉月，常游毕竟空。众生心垢净，菩萨影现中。"菩萨岂不慈悲普度？众生不见菩萨只缘自心不净，不能感得。所谓"时雨不润无根之草"，而"水清则月自现"。

过香积寺①

[唐] 王 维

不知香积寺，数里入云峰。

古木无人径，深山何处钟。

泉声咽危石，日色冷青松。

薄暮空潭曲，安禅②制毒龙③。

注释

①香积寺：位于陕西省西安市南郊神禾原，唐高宗永隆二年
（681），为纪念净土宗二祖善导大师而建，为净土宗重要祖庭。香积，
上方众香世界之佛名。

②安禅：安住于坐禅之意。若坐禅不受环境局限，称为"安禅不
必须山水"（《碧岩录》第四十三则）。

③毒龙：贪瞋痴三毒，犹如毒龙。

赏析

诗一起首，就将读者带入前往香积寺的路途中。诗人已信步走了很
长的山路，但香积寺还在更远的云峰里。虽然是有点辛苦，但沿途的景
色，排遣了所有的劳累。不知年岁的古木郁郁葱葱，遮天蔽日，只剩下
空阴清凉。小路上别无他人，只有自己闲适地走向古刹。远处幽然传来
隐约的钟声，进一步点出此行的目的。穿过钟声，清泉激石奏鸣出安心
曲，向晚的日光投入层叠的森林，使青松更散发出清冷。四句诗由色至
声，又由声至色，让跟随诗人入山过寺的读者，完全融入其境，身心愉

悦。到达香积寺已是日暮时分。寺前的潭水清澈无波，犹如诗人此时宁静无尘的心境。自己心中犹如毒龙的贪瞋痴，也在禅行中被伏。整首诗主体部分描写一路上所见景色，末后才以"安禅制毒龙"收归诗题。一路行来，所见所闻皆是安禅的境界，似写景，实写心，令读者也为之毒龙暂伏。

过宣上人湖上兰若

[唐] 朱 湾

十年湖上结幽期，偏向东林遇远师。
未道姓名童子识，不酬言语上人知。
闲花落日滋苔径，细雨和烟著柳枝。
问我别来何所得，解将无事当无为①。

注释

①无为：无因缘的造作，即真理的别名。

赏析

诗人与宣上人为邻，隐居在湖边已有十年了。东林与远师皆是用以推崇上人禅行高洁，境界玄远。"未道姓名童子识"写出诗人时常前去拜访上人，与寺里的人都很熟悉了。"不酬言语上人知"暗含了"维摩一默"的典故。一是表现上人智慧高超，能领会无语之说，二也显出两人有着心心相印的默契。那么到底知道些什么呢？"闲花落日滋苔径，细雨和烟著柳枝"正是回答。此联写景，用"滋""著"二字化静为动，并且变无情为有情，体现出对"无情有性"的认同与领会。同

40

时这番纯粹天然，无有人为的景色，也为诗人在下文明确写出自己的见解做了铺垫。尾联中一问一答，将诗人禅悟所得清晰呈现。德山宣鉴禅师有句著名的话："汝但无事于心，无心于事，则虚而灵，空而妙。"根据这句话，我们可以理解到诗人以"无事"为修行，以之到达"无为"的真理，免于颠倒。

寒夜同袭美访北禅院寂上人

[唐] 陆龟蒙

月楼风殿静沉沉，披拂霜华访道林。
鸟在寒枝栖影动，人依古堞①坐禅深。
明时尚阻青云步，半夜犹追白雪吟。
自是海边鸥伴侣，不劳金偈②更降心③。

注释

①堞：城墙上的"凸"形矮墙。
②金偈：佛偈，因为佛偈贵于黄金。
③降心：折诸烦恼，降伏其心。

赏析

在一个冬夜，诗人与好友袭美一起前往北禅院探访寂上人。一入禅院，但见月照高楼，风拂古殿，寂静一片。寒夜霜浓，但诗人因问道心切，披了一身霜华一路行去，拜访寂上人。此处以高僧支道林来比喻上人，表现了对上人的尊敬与赞叹。在禅师休息处，归鸟栖息在寒枝上，投下清影瑟瑟。上人依墙而坐，已深入禅定。受到上人的影响，自己自天功名受阻已可释怀，望着地上的白雪，不禁清兴大发，有所感悟：自是海边鸥伴侣，不劳金偈更降心。如今放下一切疲劳，恢复本有天真，自可与海鸥为侣共游，飘飘天地间。心悟本来具足如来智慧德相，烦恼不可得，不需金偈了。

和李澧州题韦开州经藏诗

[唐] 白居易

既悟莲花藏①，须遗贝叶书。
菩提②无处所，文字本空虚。
观指非知月，忘筌是得鱼。
闻君登彼岸，舍筏复何如？

注释

①莲花藏：此处指真如实相。
②菩提：觉。指能觉法性的智慧。

赏析

这是首很地道的义理诗。已经了悟佛性真如，就必须将指路的经文遗忘。因为菩提没有固定所在，文字本自性空。如果执着在文字上，那就好比以指为月，则不能见月。又好像捕鱼，得到了鱼，捕鱼用的筌，就可以不必带着了。过河到了彼岸，自然要将筏舍弃。那么，只这样就行了吗？恐怕还得再进一步。这首诗所要表达的意思，本身也是指筌。性空莲花藏，何遗贝叶书？菩提到处是，文字有妙义。观指即是月，忘筌不得鱼。彼此非两岸，舟筏往来急。这样说是不是比原诗更圆融一点？两诗是一诗，无处相比较。这个无处比较怎么理解？"性空莲花藏，何遗贝叶书"比"既悟莲花藏，须遗贝叶书"要高明些，就是这样理解。那怎么样是最高明的？"既悟莲花藏，须遗贝叶书。菩提无处所，文字本空虚。观指非知月，忘筌是得鱼。闻君登彼岸，舍筏复何如"，这样就是最高明的。

和子由①渑池怀旧

［宋］苏 轼

人生到处知何似，应似飞鸿②踏雪泥。
泥上偶然留指爪，鸿飞那复计东西。
老僧已死成新塔，坏壁无由见旧题。
往日崎岖还记否，路长人困蹇驴嘶。

注释

①子由：苏辙，字子由，苏轼之弟。
②鸿：鸿雁，也叫大雁。

赏析

诗人于首联"人生到处知何似？应似飞鸿踏雪泥"提出人生的作为行止皆应像"飞鸿踏雪泥"。颔联进一步解释怎样是"应似飞鸿踏雪泥"。作为行止虽留下痕迹，但心中不可对此产生执着。无论是好的痕迹，还是不好的痕迹，都不可执着。要像"雁过长空，影沉寒水。雁无遗踪之意，水无留影之心"。为什么呢？颈联以"老僧已死成新塔，坏壁无由见旧题"做了回答。因为因缘合和所生诸法，无常性空。只有不执着，才能与自在空性相应。但有所执，则生苦果。与自性相应后又如何？是否就此罢手，无所作为了呢？显然诗人不这样认为。他以尾联"往日崎岖还记否？路长人困蹇驴嘶"的不畏艰难，坚毅弘忍之精神作略，拈出了"无住生心"的更高境界。指爪还是当留则留，只是不计较就是了。真空妙有，妙有真空，圆融无碍，一乘妙义。如住空而不能起广大妙用，则是二乘偏空，不是最上微妙。

怀钟山

[宋]　王安石

投老归来供奉班，尘埃无复见钟山。
何须更待黄粱熟，始觉人间是梦间。

赏析

王安石罢相后，回到南京，退隐闲居。因漫天尘埃，竟然看不见钟山。当然，此句也可理解为烦恼太多，遮蔽自性山。在禅宗里，有很多以山比拟自性的，如"青山本不动，白云任去来"。人间如梦，诸经多有提起，《金刚经》的"一切有为法，如梦幻泡影"最是为人熟知。诗人深通佛理，自是不必等到"黄粱熟"，才知是梦。并且此处还有一层意思是，"诸行无常"，有生就有灭，有开始就有结束，人间好事必定缘散而后结束，所以不必等到结束的时候才知道结束。如诗人官居宰相，也是不必等到罢相方知有不做官的一天。但世人常是沉浸在眼前快乐中，看不到无常的本质，所以好梦醒时就更为痛苦。反之也是，苦事也是无常的，迟早有结束的一天，所以也不必居苦而苦，正当居苦而不苦，则得佛法受用。

淮上遇风

[宋] 范仲淹

一棹危于叶，傍观欲损神。
他年在平地，无忽险中人。

赏析

　　诗人景祐元年，出守睦州，舟行淮河，遇大风，作此诗以纪念。"一棹危于叶"，形象描写了当时扁舟升沉于急浪中的情形。船只随浪颠簸，犹如一片叶子，没有抵抗的力量，随时可能翻覆。"傍观欲损神"，此中有二义。一是表示岸边傍观者，都紧张得神损意呆，不知所措。二是写诗人自己在船中，只能看着船夫与风浪搏斗，没有什么能帮忙的，犹如旁观。"他年在平地，无忽险中人"，是诗人经历风波后的一点感悟。义谓自己脱离风险后，绝不忘记忽略还处于险浪中的人。这是借此事表达自己的慈悲心怀。佛道基础即是慈悲。修行的目的就是普度众生。诗人对于这一点是十分认同的。这与他"先天下之忧而忧，后天下之乐而乐"的大丈夫心胸一脉相承。

黄叶飘零化作尘

［唐］　庞　蕴

黄叶飘零化作尘，本来非妄亦非真①。
故宅有情含秋色，无名君子湛然身。

注释

①非妄非真：法界之体，不变不迁，非真非妄。因随缘故，有真有妄。若随法性净缘，则能出生诸佛之法。若随无明染缘，则能出生众生之法。染净之缘虽别，法界之体无殊。譬如流水，流虽清浊有异，所出之源是一也。

赏析

首句是对秋风吹落黄叶，又复化坐泥尘的直接描述。对于这极能引发出愁情犹心的瑟瑟秋景，诗人毫不动心，无忧无喜。因为他已悟"本来非妄亦非真"的实相妙义。"本来"是指离开一切烦恼和染污的清净本源。清净本源不变不迁，非真非妄，在圣不增，在凡不减，非生死之能羁，非涅槃之能寂，染净俱泯，纤尘不立，明同皎月，湛若太虚。到此地步，无情有情之界也消泯。天台湛然大师提出"无情有性"，大明此义：依正本来不二、色心即是一如，佛性遍法界，有情无情，皆有佛性，皆不外真如。已悟真如的诗人自然通达此理，所以写出一句"故宅有情含秋色"。末后一句是说诗人已契无名无相之第一义妙理，身心清净，湛然不动，不再有物喜已悲，因为他已不见已相，不见物相。

寄禅师

[唐] 韩 偓

他心明与此心同，妙用忘言理暗通。
气运阴阳①成世界，水浮天地寄虚空。
劫灰②聚散铢锱黑，日御奔驰茧栗红。
万物尽遭风鼓动，唯应禅室静无风。

注释

①阴阳：中国哲学重要范畴。指对立而又统一的一体两面。

②劫灰：劫火燃烧后产生的灰烬。劫火，大三灾之一，即坏劫时所发生的大火灾，烧到初禅天，一切都变成灰烬。

赏析

本诗赞叹禅师已"明心见性"，与历代祖师所悟相同，心心相印。禅宗又有"不立文字，教外别传"的特点，所以是"妙用忘言理暗通"。全文叙述诗人所理解的世界形成过程。这里表述的不全是佛教对世界形成的看法，诗人融入了中华传统的宇宙观。前两句表达的意思是在无常生灭的世界中，万物运生，人们建立起了所谓的社会王朝，颠倒地生活着，或计较锱铢，或奔走茧栗，似乐实苦。后两句表示在这样的浊恶尘世中，还有如禅师这样心地清净，不为所动的觉悟者。此处的"风"应是指"利、衰、毁、誉、称、讥、苦、乐"八种鼓动人心的风。禅师以其高妙的禅悟，甚深的禅定，不见此八风，也不为风动。这一笔的转写，既呼应了主题，也表达了诗人自己内心对"八风吹不动"的向往。

寄黄龙清老（其三）

［宋］ 黄庭坚

骑驴觅驴但可笑，非马喻马亦成痴。
一天月色为谁好？二老风流只自知。

赏析

　　此诗是颂古诗。志公《大乘赞》云："不解即心即佛，真似骑驴觅驴。""非马喻马"出自《庄子·齐物论》"以马喻马之非马，不若以非马喻马之非马也"。首联通讲就是：不解即心即佛，就好比骑驴觅驴，终日用着却对面不识。通过非马来了解马，也是痴。只管就马认马，如何假借非马？不直下认得此马，绕道非马，岂有识得马的一天？"一天月色为谁好？二老风流只自知"出自《五灯会元》的著名公案：一夕，西堂、百丈、南泉随侍（妈祖）玩月次。师问："正恁么时如何？"堂曰："正好供养。"丈曰："正好修行。"泉拂袖便行。师曰："经入藏，禅归海，唯有普愿，独超物外。"黄山谷用此义入诗，表示他和黄龙清就如同南泉与马祖般，心心相印。同时此处也暗含杜甫的"与子成二老，来往亦风流"，以表达自己与禅师的深厚交谊。

寄觉范长沙

[宋]　陈　瓘

大士^①游方兴尽回，家山风月绝尘埃。
杖头多少闲田地，挑取华严^②入岭来。

注释

①大士：菩萨的通称。士是事的意思，指承办上求佛果，下化众生的大事业的人。

②华严：指《华严经》，全称《大方广佛华严经》。

赏析

此诗的写作背景在觉范《冷斋夜话》中有所记载："陈莹中贬合浦，时余在长沙，以书抵余，为负《华严经》入岭。有偈云云（即此诗）。"由此可知，陈瓘被贬合浦时写了这首诗。首二句写觉范云水无尘的禅者洒脱。"大士游方兴尽回，家山风月绝尘埃"，觉范外出云游，乘兴而去，兴尽而归，虽一路风尘，但自家本性，没有受到一点染着。这是对觉范的推崇，也是自己对"家山风月绝尘埃"的向往。后二句是邀请觉范来合浦，并且给自己送一部《华严经》。当然，也是请觉范给自己传授佛法。因为诗人是被贬之人，行动不自由，所以只好邀请觉范前来。希望得到一部《华严经》，表明诗人急需得到佛法的帮助，走出心中的苦闷。觉范在收到信后，有一首和诗，诗云："因法相逢一笑开，俯看人世过飞埃。湘南岭外休分别，圆寂光中共往来。"此中境界，不知陈瓘有否领会。

寄石桥僧

[唐] 项 斯

逢师入山日，道在石桥边。
别后何人见，秋来几处禅。
溪中云隔寺，夜半雪添泉。
生有天台①约，知无却出缘。

注释

①天台：山名，在浙江省台州天台县之西。隋智者大师居于此山开一宗，后世因名其宗为天台宗。

赏析

"逢师入山日，道在石桥边"是交代写诗的原因。诗人前往拜访石桥僧，但他已经入山修行，进山的道路，就在石桥边。于是诗人写了这首诗，遥寄山僧，以作纪念。"别后何人见，秋来几处禅"，是说僧人一去之后，恐怕没人再见到过他的行迹，也不知在这深秋时节，他在何处坐禅修道。这里在反映僧人独入深山，苦行修道的同时，也表达了深切的关怀。"溪中云隔寺，夜半雪添泉"是诗人遥想山僧现在的居处。僧人现在该是住在白云围隔的古寺中。因为山高，虽在秋夜，洁白的雪已经飘起，落入山泉，暗添寒水。诗人知道石桥僧生来就有甚深的佛缘，此去修行，恐怕再也不会出山了。此时用语平淡，好像写一种离别的愁绪，又突出其外，表现了一位高僧的精进与高洁。可谓好诗。

寄太白无能禅师

[唐] 顾非熊

太白山^①中寺，师居最上方。

猎人偷佛火^②，栎鼠戏禅床。

定久衣尘积，行稀径草长。

有谁来问法，林杪^③过残阳。

注释

①太白山：又名太乙、终南，秦岭山脉的主峰之一。

②佛火：佛前的香火。

③林杪：林梢。

赏析

禅师住在太白山的最高处，一个"举手可近月，前行若无山"（李白《登太白峰》）的绝顶清净处。禅师安禅入定，也不知过了多久。在这期间，有猎人偷偷地进来拿走了香火，寺里的老鼠高兴地在禅床上嬉戏玩耍，怡然自得。这一切都不能打搅禅师，使他动心。他的衣服上积满了灰尘，门前的路因为很少走动，也没什么外人来，所以就模糊不清，为草所掩了。通过前六句的描写，一位超逸出尘，寂静自在的禅师面目，渐渐清晰起来。虽然"行稀径草长"，但还是有虔心佛法的人，不远来到，向禅师问道求法。禅师的回答只是简单的"林杪过残阳"。一轮红日慢慢划过林杪，沉入西山。此处是什么意思？举念皆乖，但凡还思虑"这是什么意思"，早已错过。"锋前一句超调御，拟问如何历劫违"，只在当下肯心承担这"林杪过残阳"就是，如果有所拟问，还想开口，那就历劫相违，难得真义。所以开口就要吃三十棒。那不开口呢？不开口也吃三十棒。

寄韬光禅师

[唐]　白居易

一山门作两山门，两寺①原从一寺分。
东涧水流西涧水，南山云起北山云。
前台花发后台见，上界钟声下界闻。
遥想吾师行道处，天香桂子落纷纷。

注释

①两寺：此处的两寺当指杭州的下天竺寺与中天竺寺。上天竺寺建于五代吴越时期，此时尚无。

赏析

首联介绍下天竺寺与中天竺寺的历史关系。颔联与颈联都是写禅师修行之处的风景。这六句诗，对仗工整，连续使用叠字，诗味回环往复，给人极大的艺术享受。东西南北前后上下，顿拓无限空间，生出十方无界的超越感觉。并且这四句诗，包含了方位只是相对才成立的观点。东涧水流，从更东边来看，就是西涧水。南北山云，前后台花，上下界钟，皆是此意。《老子》也早有此论，"天下皆知美之为美，斯恶已；皆知善之为善，斯不善已。故有无相生，难易相成，长短相较，高下相倾，音声相和，前后相随"。再从绝对的角度来看看这几句话。东西南北前后上下，都只是一些概念，并无实义。如果执着这些概念，那么东涧水流只能是东涧水了。如果无所执着，跳出相对的束缚，契入绝对圆融的自性真如，那真是东涧何妨流西涧水，但也不妨东涧水流东涧水。尾联点题，以一句"天香桂子落纷纷"的自然亲切，没有矫饰场景，写照禅师的平常道行，随缘真心。全诗浑然天成，禅韵缭绕，是一首于禅于诗俱臻妙境的佳作。

寄希广禅师

［宋］　李　彭

已透云庵向上关，熏炉茗碗且开颜。
头颅无意扫残雪，氄衲①从来著坏山②。
瘦节直疑青嶂立，道心长与白鸥闲。
归来天末一回首，疑在孤峰烟霭间。

注释

①氄衲：粗糙的毛织物，常指方外人的衣着。氄，鸟兽的细毛。
②坏山：衰耗山，借指衰耗的身躯。别译《阿含经》四谓人之老、病、死、衰耗，如四山之压迫。

赏析

　　首联即直切主题，赞扬希广禅师已悟大道，并参透最上关，在日常"熏炉茗碗"生活中，处处自在，道心常乐。颔联给禅师作一肖像。岁月飞逝，白发已是布满头颅，但禅师无意修饰老态，一任雪残。从此中也可看出时间对于禅师来说，已非约束。如此境界，自然对于穿着也是一任自然。所以衰耗之躯穿一件氄衲也就很满足。颈联由形到神，进一步刻画老禅师。禅师清骨高峻，犹如万仞青嶂。道心忘机，更比白鸥长闲。尾联讲诗人从禅师处归来，回首相望，却见"云庵"已在"孤峰烟霭间"，以此烘托出禅师的高洁出尘，世所难窥。全诗紧扣禅师大悟出尘的特点来着笔，刻画细腻，用词准确，使读者顿见禅师丰神萧萧，遗世独立的风貌。

江中诵经

[唐] 张 说

实相①归悬解，虚心暗在通。
澄江明月内，应是色②成空③。

注释

①实相：一切诸法的真实体相，又名佛性、法性、真如、法身、真谛等。实，谓真实不虚；相，谓事物的本性或相状。是佛教所说的绝对真理。

②色：指一切有形象和占有空间的物质，《大乘义章》曰："质碍名色。"

③空：因缘和合而生的一切事物，究竟而无实体，叫作空，也是假和不实的意思。

赏析

常住不灭的诸法实相，孤峰独露，迥脱根尘，言语道断不可言说，心行处灭而不可思念。不是凡夫的逻辑思维可以通达。人的种种知见反而是悟证实相的障碍，越思越远。相反，只有"悬挂"种种知见，排除心中一切尘念，使之虚而明，才能当下悟入，归于实相。"澄江明月内，应是色成空"，写出了诗人体悟到实相后的境界。澄清的江水，明朗的月色，皆是即色而空，空色不二。《心经》云："色不异空，空不异色，色即是空，空即是色。"一切万法，缘起性空，自性是空，毕竟是空，当下即空。而性空缘起，空不异色。在这样的体悟中，诗人顿觉全部身心与澄江明月已融为一体，也同样是即空即色，迥然出尘了。而此一空，绝非死寂顽空。恰于此空中，能生出"澄江明月"，无边妙用。

金山寺①

［宋］　王　令

万顷清江浸碧山，乾坤都向此中宽。
楼台影落鱼龙骇，钟磬声来水石寒。
日暮海门飞白鸟，潮回瓜步②见黄滩。
当时户外风波恶，只得高僧静处看。

注释

①金山寺：镇江西北，中国禅宗著名丛林。始建于晋明帝时。
②瓜步：瓜步山，今江苏六合东南二十里处。

赏析

首联是诗人放眼远眺之景。"万顷清江浸碧山，乾坤都向此中宽"，大江浩瀚，天清气朗，金山犹如碧玉挺立急流中。诗人顿觉乾坤广阔，宇宙无涯。此时眼光收回，从唐人孙鲂《题金山寺》的"楼台悬倒影，钟磬隔嚣尘"中化出颔联，以虚实相应之笔具体写寺景。寺院楼台宏伟，倒影江中，惊骇水族。江天孤石经钟磬的涵养，散出逼人寒气。颈联描写中景。大江东入海，白鸟舞翩跹，潮落瓜步山，日照黄沙滩。更显出"乾坤都向此中宽"的博大气象。尾联点出主旨，呼应诗题。如上所绘美景，竟全在"风波恶"中展现。能见到江山雄阔，水色壮美的只有心地清净，冷眼阅世的高僧。平常生活中，也是要心净眼冷，方能看透云雾，真正欣赏人生的美丽。

景福顺长老夜坐道古人搐鼻语

[宋]　苏　辙

中年闻道觉前非，邂逅仍逢老顺师。
搐鼻径参真面目，掉头不受别钳锤。
枯藤破衲公何事，白酒青盐我是谁。
惭愧东轩残月上，一杯甘露滑如饴。

赏析

诗人于首联自述中年开始听闻佛法，渐渐有了些体会，觉的以前的观点行为不对。如今又在此地遇到了一代宗匠景福顺长老。颔联记述与长老见面后，夜坐参禅。长老以百丈"野鸭子"的公案提携诗人，诗人也是当下有悟，不负老和尚一番辛苦。悟得此道，自然不再疑惑，也就没有可钳锤的地方了，故而"掉头不受别钳锤"，不再被天下老和尚舌头瞒。昔日法常在妈祖座下闻"即心即佛"，当下大悟，出住大梅山。妈祖后遣一弟子前去诘问："和尚见马师得个什么便住此山？"法常说："马师回我道即心即佛。"那人说："马师近日佛法又别，……又道非心非佛。"法常即说："这老汉惑乱人未有了日。任汝非心非佛，我只管即心即佛。"弟子回禀妈祖，妈祖即印可曰："大众！梅子熟也。"此即是不受别钳锤。颈联转写长老俭朴平常的生活。悟者如长老，在枯藤破衲白酒青盐里，处处安心，头头入真。尾联回到夜坐的主题。此时夜已很深了，残月高上，好像在惭愧自己的不圆满。而这一夜的提携，以及眼前的景色，对于有所契入的诗人来说，全体就是一杯甘露，甘之如饴，饮者自知。

静 居

[宋] 李宗易

大都心足身还足，只恐身闲心未闲。
但得心闲随处乐，不须朝市与云山。

赏析

"大都心足身还足"可谓勘破人情。世人每是身足心不足。比如美食当前，从身而论，早吃饱了，但心不足，不吃个撑半死不住嘴。现在有很多消费只是满足所谓"心理需要"，可为此句之反证。古来很多隐士安贫乐道，究其所以，只是心足。"只恐身闲心未闲"，于上句异曲同工。好多人年老致仕后，身闲心不闲，也就难想清福。孔子云"老年戒之在得"，也是劝老人多几分心闲，好享清福。"但得心闲随处乐，不须朝市与云山"紧接上义，正面表达诗人自己的观点。心闲则处处闲，纵使身不得闲，也是闲。所以无论在朝市，还是在云山，都一样。同样表达此义的诗句很多，如陶渊明的"心远地自偏"，韦应物的"山僧一相访，吏案正盈前。出处似殊致，喧静两皆禅"。这首诗虽然议论色彩浓重，但还是非常流畅明白，值得一读。

空心潭①

[宋] 刘 拯

碧潭发幽石，潇洒无纤尘。

寒光湛秋月，有物难比伦。

离钩况无鱼，千尺徒垂纶。

到此心已空，何用濯我缨②？

注释

①空心潭：位于常熟破山寺后。

②何用濯我缨：出自于屈原《渔父》"沧浪之水清兮，可以濯吾缨；沧浪之水浊兮，可以濯吾足"。

赏析

空心潭之名源于常建的名句"山光悦鸟性，潭影空人心"。首联写潭水清幽。潭水清明，潭中幽石历历可见。因是石潭，泥滓极少，故得"潇洒无纤尘"。颔联"寒光湛秋月，有物难比伦"，秋月倒影在寒冷澄静得潭水中，清光微动，无物可比。经论中也常以水清月现比拟心净则能如实照见万法。如《华严经》云："菩萨清凉月，常游毕竟空。众生心垢净，菩萨影现中。"这个清净心也是"无物可比伦"的。"离钩况无鱼，千尺徒垂纶"，没带鱼钩，而且水中无鱼，带了也无用。此处也是个譬喻，借景说法。"鱼"者，烦恼妄想是也。既然已是"寒光湛秋月"，心中无点尘，就不再需要钓鱼的工具，即佛法了。好比过河舍筏。"到此心已空，何用濯我缨"，心空一切空，心净一切净，自然是没什么可洗的了。全诗写景紧凑，说理严密，层层递进，结合得天衣无缝。

临终偈

［宋］ 王 随

尽堂灯已灭，弹指向谁说。
去住本寻常，春风扫残雪。

赏析

首句"尽堂灯已灭"形容自己的生命已到了尽头，犹如油尽灯枯。"弹指"形容这一世人生过得非常快，"向谁说"是表明不多的人能领会人生无常，从而修学佛法，追求出离。"去住本平常"这一句实在是不平常。世人虽然也知"死生亦大矣，岂不痛哉"（王羲之《兰亭集序》），但总是耽搁于日常的喜怒哀乐中，以为生死是平常的事，不真正地面对生死大事，穷彻其究竟，以期获得解脱。如此到得最后一刻，实在是难以潇洒地说一句"去住本寻常"。只有像诗人这样真正面对生死大事，以为不平常，紧抓不放，彻底打破，到的最后一刻才能从容说一句"去住本寻常"。末句"春风扫残雪"是以一极平常的自然现象，来比喻生死去住。因为诗人打破了黑漆桶，了悟真源，于此中不见去来生死相，所以于生死毫不动心。

龙门道中作

[宋] 邵　雍

物理人情自可明，何尝戚戚向平生。
卷舒在我有成算，用舍随时无定名。
满目云山俱是乐，一毫荣辱不须惊。
侯门见说深如海，三十年来掉臂①行。

注释

①掉臂：摇动手臂，表示不顾而去。

赏析

诗人在首联"物理人情自可明，何尝戚戚向平生"中表示自己已经通达人情物理，也就是大道，不再有戚戚忧愁困扰自己。颔联紧接着描述他自悟的大道是个什么状况。大道者，"圣人存之，动应事机。舒之弥四海，卷之不盈怀"（《三略》）。"卷舒在我有成算"当从此处来。所谓"用舍随时无定名"，不是说有时用道，有时舍道。《中庸》云："道也者，不可离须臾也。可离，非道也。"所以这个"用舍"指道的表现形式没有一定，或方或圆。表现形式无一定，名自然也无一定。诗人通达大道，自是"满目云山俱是乐，一毫荣辱不须惊"。尾联又进一步表明自己喜好云山，不愿深入侯门。但从此处看，诗人似乎还存有荣与辱，惊与不惊，侯门与云山等取舍。宋人李宗易有诗云"但得心闲随处乐，不须朝市与云山"，比此当更为通达。"侯门见说深如海，三十年来入海行"，岂不更悠游自在？

庐山东林寺夜怀

[唐] 李 白

我寻青莲宇，独往谢城阙。
霜清东林钟，水白虎溪①月。
天香生虚空，天乐鸣不歇。
宴坐②寂不动，大千③入毫发。
湛然④冥真心，旷劫断出没。

注释

①虎溪：《庐山记》曰："流泉匝寺，下入虎溪。昔远法师送客过
此，虎辄号鸣，故名。"

②宴坐：默然静坐。

③大千：大千世界。四大洲及日月诸天为一小世界；合一千小世界
为小千世界；合一千小千世界为中千世界；合一千中千世界为大千世
界，又称三千大千世界。

④湛然：不动。

赏析

首二句记述诗人辞别繁华的城市，独自一个人上庐山，寻求清净的
东林寺。晚钟荡破霜气弥漫的夜空，悠悠传开。月色映在虎溪上，水面
泛出宁静的清光。寺院周围极其幽寂清冷，实在是个修行的好地方。
"天香生虚空，天乐鸣不歇"二句从山水环境过渡到了佛教氛围。天香
氤氲，天乐曼妙，祥和馨宁，清净悠然。这里也暗含了对寺僧的赞叹。

因为只有梵行精进，智德高深，才会感得天香天乐这样的祥瑞。最后四句是诗人在此佛教圣地的参悟表述。在环境的影响下，诗人也宴坐不动，进入了禅定。在禅定智慧的观照下，领悟到大千与毫发是小大无碍的，大千能容毫发，毫发也可容大千。如晋译《华严经·毗卢舍那品》云："一毛孔中，无量佛刹，庄严清净，旷然安立。"华严宗所立十玄门之第六"微细相容安立门"广说此义。诗人进一步阐明只要"湛然"不动，冥合"真心"，就能永出生死轮回。《楞严经》云："一切众生，从无始来，生死相续，皆由不知常住真心。"因此若能伏断妄心，冥合真心，就能出离生死六道。从本诗来看，李白虽倾心于道教，但对于佛理还是深有所悟的。

梦寻西山准上人

[唐] 钱 起

别处秋泉声，至今犹在耳。
何尝梦魂去，不见雪山子①。
新月隔林时，千峰翠微里。
言忘心更寂②，迹灭云自起。
觉来缨上尘，如洗功德水③。

注释

①雪山子：释尊在过去世于雪山苦行，谓之雪山大士。

②心寂：心寂静。于贪瞋痴等，悉皆远离，修习禅定，无有散乱，意诸恶行一切不作。

③功德水：八功德水，具有澄净、清冷、甘美、轻软、润泽、安

和，饮时除饥渴等无量过患，饮已定能长养诸根四大增益，八种功德。

赏析

与准上人别后，送别处的秋泉声，至今还在诗人耳畔回绕。这是表达彼此之间有着犹如清泉一样的友谊。"何尝梦魂去，不见雪山子"进一步写自己思念之情。并盛赞准公能学释尊的雪山苦行。接下来的六句全然不再提梦见准公之事，而是写自己在梦中的悟境。这是诗人用意高妙之处，显出自己和准公是道义之交，唯能悟达禅心，才是真正思念。先来是风景描写，铺垫好了一个禅意融融的环境。得意忘言，方入自觉之地，禅心寂静，觉智圆明，融通无碍。泯灭一切泥迹，完全摆脱执着纠缠，而不见有所摆脱。至此地步，任运自在，犹如云起云灭，全无机心。末后写自己醒来后，觉得帽缨已被功德水洗过。更重要的是自心也被清洗一新。

梦中作

[宋]　许安仁

山色浓如滴，湖光平如席。
风月不相识，相逢便相得。

赏析

此是诗人逝世前几天的绝笔之作。据《彦周诗话》记载："季父病中，梦至一处泛舟，还水皆奇峰可爱，赋诗云云。既寤而言之，后数日卒。"这样，本诗就带有浓厚的对生命真相的领悟。全诗很简单，四句皆写诗。湖光山色，风月相得，前实后虚，轻快明亮。宁静幽清的心境与山水融合一体，虽病不起，却依旧欢喜愉悦。从此可见诗人对生死的豁达平和，不执来去生灭。全诗最妙的是"相逢便相得"这一句，很有禅宗当下肯认，见面就是的味道。"真如妙性，人各圆成，非心非色，离相离形，空有俱不可拟，凡圣皆莫能名。头头总是，迷之则当面错过；法法咸非，悟之则举体昭明"（印光大师语）。若能"相逢便相得"，省去多少辛苦，可惜能当下如狮子扑食的大丈夫太少了。多有"韩卢逐块"，齐文定旨，逐语分宗，被禅师当机度人的话迷得七荤八素。

见性堂

[宋]　韦　骧

由来迷误尽真如，觅性名堂亦谩书。
万变纷纷任交战，一心了了即安居。
槛花妖秀何能免？庭柏孤高自有馀。
多谢前人为留意，使予聊得寓清虚。

赏析

迷误皆是真如妙用，不离真如，故云"由来迷误尽真如"。自性遍一切处，终日不离半分，没个能觅的人，也没有所觅的"性"。被觅出来的，早就不是这个体大、相大、用大的自性，但也不离这个自性。所以以"觅性"做堂名，也只是随便谩书而已。颔联进一步写诗人自己的体悟：自性"不变随缘，随缘不变"，安居于此，则任凭人事烦恼纷纷，自是我心不动。颈联转写堂院风景。槛花妖秀，不合原来此堂主人的品味，所以被铲除了。留下些柏树，高挺孤劲就足够赏心悦目的了。诗人为此觉得很感谢原来的主人，铲除了槛花，只留些柏树给自己。因为这使得诗人感觉到无尽的清虚。这后半首诗好像不符合前半首"一心了了即安居"的意思。怎么非铲了花，只留树，才算"聊得寓清虚"呢？但如果一定是留着花才算"一心了了即安居"，岂不是早就大有执着，哪里还谈得上"由来迷误尽真如"呢？

明月溪①

[宋] 满执中

月出溪水清，月落溪水黑。
茫茫溪上人，笑与月为客。

注释

①明月溪：滁州（今安徽滁州市）八景之一。

赏析

唐代时，明月溪是文人骚客寻幽揽胜的佳处。但宋初已没落，王禹偁在《明月溪》中记载了当时的荒凉："我来寻故地，溪荒乱泉吼。"到满执中写此诗时，估计荒凉不会有多大改变。但诗人着眼的不是风景的秀丽与否，而是自己在这份闲静山水中得到的清净禅悦。"月出溪水清，月落溪水黑"，白描到了极点，记述了一个再平常不过的自然现象。既是禅宗"月白风恬，山青水绿。法法现前，头头具足"（《五灯会元》卷十五《文庆》）的平常就是，触目菩提，又是诗人自己忘情其中，只知月出溪清，月落溪黑，而不知有我的体现。"茫茫溪上人"即是诗人自己。茫茫二字，是诗人自己浑然天地，消泯自我的写照。有的解释认为是诗人漂泊不定，人生坎坷的描写，好像不是很符合诗人的境界。"笑与月为客"，进一步具体表明自己"天地同一梦"的感悟和禅悦自在。在一片清冽月色下，诗人觉得自己受到了月亮的邀请，成为月光世界的客人。这不是简单的感觉和文学手法，而是诗人自己内心的认同，对"真如实相遍一切处"的认同。有了这个认同，诗人自然不会自外于月光，也不会将月光看作冷漠无情的物理天体。

瞑 目

[宋]　司马光

瞑目思千古，飘然一烘尘①。
山川宛如旧，多少未来人。

注释

①烘尘：草木燃尽后的灰尘。

赏析

诗人瞑目遐思。过去以来，千古已过，多少生灭变化，人事兴衰，是非成败，如今也就是粒烘尘。自己更是尘中之尘，一切得失，俱不足道矣。李商隐诗云"世界微尘里，吾宁爱与憎"，正同此义。思前结束，诗人又想后。河流山川从古以来，基本没什么变化，无数曾畅情此山水之间的人，都已往矣。但诗人没有悲哀，而是从中看出生生不息的大道，赫然一句"多少未来人"的豪语。诗人已从这无常中，得到一种洒脱，体会到有千古不变的大道遍一切处存在。苏轼的《前赤壁赋》于此诗意趣相同："客亦知夫水与月乎？逝者如斯，而未尝往也；盈虚者如彼，而卒莫消长也。盖将自其变者而观之，而天地曾不能一瞬；自其不变者而观之，则物于我皆无尽也。而又何羡乎？"陈子昂"前不见古人，后不见来者，念天地之悠悠，独怆然而涕下"，虽慷慨悲壮，但论境界则在此诗之下了。

墨禅堂①

［宋］ 苏　辙

此心初无住，每与物皆禅。
如何一丸墨，舒卷化山川？

注释

①墨禅堂：李公麟画室。李公麟（1049—1106），字伯安，安徽人。元祐进士，善诗工画，尤擅佛画，传说白描画法为其所创，北宋杰出画家。

赏析

这是《题李公麟山庄图》二十首诗的第二首。此诗首先说李公麟领会"心无所住"的道理，处处在在都合乎禅的妙义。接着反问了一句"如何一丸墨，舒卷化山川"。因为一般理解禅不是语言文字，包括图画，可以表达的。既然如此，你李公麟怎么可以画个山庄图，落入执着呢？这是一般的理解，本身就是大执着。禅宗"不立文字"，也"不离文字"，同样"不立图画，不离图画"。心无所住，画也无妨，不画也无妨。并且此处还含有《华严经·夜摩宫中偈赞品》"心如工画师，能画诸世间，五蕴悉从生，无法而不造"的妙义。"一丸墨"即譬喻无所住的真心。此真心虽无所住，却能随缘生成万法。山河大地，宇宙世界皆是个中事。故云"舒卷化山川"。并且迷者被动接受果报，悟者主动创造因缘。主动创造因缘，则可成就无量善业，感得清净国土，化现人事物件，度脱恒沙众生。此处"舒卷化山川"当时主动之为，也就暗含了诗人对李公麟的赞叹和鼓励。

南庭夜坐，贻开元禅定二道者

［唐］ 许 浑

暮暮焚香何处宿？西岩一室映疏藤。
光阴难驻迹如客，寒暑不惊心似僧。
高树有风闻夜磬，远山无月见秋灯。
身闲境静日为乐，若问其馀非我能。

赏析

首联交代诗人夜坐的环境。在日暮黄昏时，诗人静坐在西岩下的斗室内，树藤疏影映窗婆娑。室内焚着檀香，缭绕而空灵。颔联是诗人静坐净心后的领悟。"光阴"一句当是从"岁月易尽，光阴难驻"（王勃《守岁序》）化出。诗人感叹时间飞逝，自己的行迹就像是个过客一样。但因为禅修的缘故，诗人于寒暑交替，人生易老已没有了世人的惊恐。他知道生灭中有个不生灭的在，那才是真正的"我"。这样的心境，与僧人应是相似了的。颈联是诗人当时的所闻所见。风从高树下来，带着清新的磬声；没有月的夜里，远山显得格外朦胧，只有几盏摇曳的灯透出微弱的光。通过对这样的平常景色的描写，诗人要表达的是自己心的平常。就这样每天在幽静的环境里，身闲心净地过着喜悦的日子，除此之外，就不是诗人所会所能的了。但这已是大神通妙用了，不知道还有什么需要会的。

沤生复沤灭

［宋］ 杨 亿

沤①生复沤灭，二法本来齐。
要识真归处，赵州东院西②。

注释

①沤：水泡。

②赵州东院西：赵州出院路逢一婆子。问："和尚住什么处。"师
云："赵州东院西。"婆子无语。师归院，问众僧："合使那个西字?"
或言东西字，或言栖泊字。师曰："汝等总作得盐铁判官。"僧曰："和
尚为什么恁么道?"师曰："为汝总识字。"

赏析

沤生与沤灭，是一对矛盾，但无一法不是真如妙用，沤生沤灭自性
真空，所以可说"二法本来齐"。这个齐是当下齐。火与水齐，生与死
齐，皆是当下齐，因皆自性真空，为真如妙用。"欲识真归处，赵州东
院西"，既见真如，何处不是真归处? 又何处是个归处? 能归所归具
泯，还问什么"真归处"? 既然问了，不妨一答。且道赵州东院西在何
处? 莫说遍一切处，遍一切处无赵州东院西容身之地。也莫说没个去
处，因处处皆是赵州东院西。且道这个究竟在何处? 只在赵州东院的西
面。只是世人不肯认确，惹出种种说道。若安心，则赵州东院西，言下
知归处。这归处在何处? 有归即不是，无归岂可认? 若人指归处，掩耳
就狂奔。

排闷

[宋] 陆 游

西塞山前吹笛声，曲终已过洛阳城。
君能洗尽世间念，何处楼台无月明？

赏析

"西塞山前吹笛声，曲终已过洛阳城"，在武昌西塞山前开始吹笛，曲终之时已到了洛阳。这是夸张地表现行进速度很快。"君能洗尽世间念，何处楼台无月明"是此诗关键句。楼台月明是处处都有的，但如果有"世间念"遮蔽心眼，则月明当头而不见。这也是劝人自净其心，然后国土净的意思。经中多有此义。如《楞严经》云："当平心地，则世界地一切皆平。"《维摩诘经》云："若菩萨欲得净土，当净其心，随其心净，则佛土净。"《华严经》云："染污众生住故，世界海成染污劫转变；修广大福众生住故，世界海成染净劫转变。"但能净心，一切自得。

陪姚使君题惠上人房

[唐] 孟浩然

带雪梅初暖，含烟柳尚青。
来窥童子①偈②，得听法王③经。
会理知无我④，观空⑤厌有形。

迷心应觉悟，客思未遑宁。

①童子：经中常称菩萨为童子，一因菩萨是法王真子，二因无淫欲之念，如世之童子。

②偈：又作伽陀、偈陀，意译偈颂、颂。系与诗之形式相同。一般以四句为一偈。

③法王：佛于法自在，称曰法王。《法华经·譬喻品》曰："我为法王，于法自在。"

④无我：我为"常一之体，有主宰之用"。但人身是五蕴之假和合，无常一之我体；法者因缘生，也无常一之我体，故无人我，无法我。

⑤观空：此处指"析空观"，于五阴等法，观察分析，离其着心。

首联以工稳的对仗将优雅清寒的早春景色描写的淋漓尽致。精确的描写使"雪梅""烟柳"顿现眼前。颔联"来窥童子偈，得听法王经"点明游寺主题。同时也以梵行犹如童子，深得法王经旨来表示对惠上人的赞叹。颈联写出诗人参偈听经后的感受。领悟了佛理，就知道了"无我"的妙义。《止观》卷七云："为无智慧故，计言有我。以慧观之，实无有我。我在何处？头足支节，一一谛观，了不见我。"通过"析空观"，离开对五蕴所合之"我"的执着，自然对有形的物质之躯产生厌离心。经此一番领会观察，诗人表达了对觉悟的期盼，但又因客思难平，而显出淡淡的尴尬愁绪。虽然不能全然离尘入佛，但还是清晰表达了诗人对清净佛门的向往之情。

瀑布寺贞上人院

[唐] 郑 巢

林疏多暮蝉，师去宿山烟。
古壁灯熏画，秋琴雨慢弦。
竹间窥远鹤，岩上取寒泉。
西岳莎房在，归期更几年？

赏析

"林疏多暮蝉，师去宿山烟"，黄昏薄暮，疏落的林中，传来几声蝉鸣，划破空静的晚照，诗人信步来到真上人的禅院，但大师外出了，诗人只好独宿禅院。院内壁上的古画，在灯烟的熏燎下，已模糊难辨。秋雨时来，水气浸润，使琴弦弹起来略显涩慢。这一联营造了院内清古幽寒的氛围，体现了上人的高洁风范。颈联将视野转向院外。"竹间窥远鹤，岩上取寒泉"，透过竹林，可见数只白鹤悠然地在岩上饮取寒泉。这幕自然风光，再次强化了整体环境的优雅，和此间主人的清悠。"西岳莎房在，归期更几年"，这间莎草漫布的禅院还在这里，不知上人什么时候才归来。此句体现诗人对上人的仰望，也留下了一个想象的空间，可谓妙笔。

栖禅暮归书所见（其一）

［宋］ 唐 庚

雨在时时黑，春归处处青。
山深失小寺，湖①尽得孤亭。

注释

①湖：惠州丰湖，栖禅山在丰湖之上。

赏析

杜甫诗云"天欲今朝雨，山归万古青"，诗人曾将自己的"雨在时时黑，春归处处青"与之相提并论，看来是十分自赏的。初读首两句，觉得只是在写岭南春天的特有景象。刚下雨时，云幕压黑，天地一片迷蒙。忽而雨收云破，又是山屏出青，花木全副春色。这样的天然景色变动，使诗人于万物万事的无常，有了些领悟。"山深失小寺，湖尽得孤亭"，诗人转路出山，回首一望，栖禅寺已"失"。而行进到丰湖的尽头，又"得"了座孤亭。一失一得，诗人没有一般人的怅然若失和"柳暗花明又一村"的欣喜。他心安禅悦，淡泊恬静，无得无失。全诗虽短，但时雨、春色、小寺、孤亭、深山、平湖，却也错置有序，意境深幽。

栖禅暮归书所见（其二）

[宋] 唐 庚

春着湖烟腻，晴摇野水光。
草青仍过雨，山紫更斜阳。

赏析

　　这就是首描写春景的小诗。春来，被着上了层层湖烟水霭。天晴得可爱，日光照在水上，银光点点，好像是整个摇动起来。"着""摇"二字，既增添了动感，又体现了诗人对这风景的亲切心情。经雨洗过的草，绝对是鲜绿胜旧。斜阳照山，添上紫色，再增春光。这个面前一切，在诗人那里，就是如此的清楚坦诚，明明白白。诗人完全沉浸其中，什么世出世间，什么山水禅诗，全都忘了，只是喜悦于眼前的一切，和心中的安然。这就是，亦或不是，请不要思量，不思量也不要思量，直接随诗人进入"春着湖烟腻，晴摇野水光。草青仍过雨，山紫更斜阳"，自然领会诗人的心境，能作千古神交。在写这两首诗的同时，唐庚还创作了许多禅诗，但大多是直舒禅意，只这两首别具一格，清新优美，而禅意更在有无间，堪称妙作。

栖霞寺云居室

[唐] 权德舆

一径萦纡至此穷，山僧盥漱白云中。
闲吟定后更何事，石上松枝常有风。

栖霞寺云居室在最高绝顶处，"一径萦纡至此穷"，上山盘旋曲绕的小径至此穷尽。山顶白云缭绕，不愧"云居"二字。山僧一切日常生活，诸如盥漱，皆在白云之中。这种"千峰顶上一茅屋，老僧半间云半间"（归宗芝庵禅师）的生活，实在是令人神往。"闲吟定后更何事，石上松枝常有风"，通过对日常生活的进一步叙述，写出山僧的修持境界。在平常，山僧或时有吟诵，或禅定悟妙，除此外就是看看风吹松石，再无别事。这个"石上松枝常有风"，于至平常处，呈现大道，流露真常。世人看是风景，山僧看也是风景。不过，世人见的是身外景，山僧见的是自家事。且道什么是自家事？"春潮带雨晚来急，野渡无人舟自横"。

琴 诗

［宋］ 苏 轼

若言琴上有琴声，放在匣中何不鸣？
若言声在指头上，何不于君指上听？

《楞严经》云："譬如琴瑟箜篌琵琶，虽有妙音，若无妙指，终不能发。"此诗就是这段经文的形象表述。除《楞严经》外，还有许多经也有类似经文，如《道行经·昙无竭品》云"譬如鼓，不用一事成，不用二事成，有师有革有桴，有人击之，其声乃出"。韦应物有相似的诗作："水性自云静，石中本无声。如何两相激，雷转空山惊？"这些讲的就是诸法因缘生，自性毕竟空。缘起理论是佛法的核心，"缘起性空"是大乘一实相印。"此有则彼有，此生则彼生，此无则彼无，此灭则彼灭"是缘起理论最简单精确的概括。龙树尊者所作的三是偈"众因缘生法，我说即是空，亦为是假名，亦是中道义"也非常经典。意思是指诸法皆由各种因缘所生成，并无固有之自性，可谓真空；因缘所生诸法，为施设之名言概念，为妙有，自性则空无所有；对因缘所生法既承认其假名之一面，又见及性空之一面，此即中道。这就是"真空妙有，妙有真空"。

秋日即兴

［宋］ 郭 印

一片澄心似太清，浮云了不碍虚明。
夜深人寂浑无寐，时听空庭落叶声。

赏析

"一片澄心似太清"，此处将真如实相、妙明真心比作"太清"。《楞严经》云："虚空在汝心中，犹如片云点太清里，况诸世界在虚空耶？"太清广大无外，浮云来去，不能妨碍太清的虚明。一切有为法就像浮云一样，不能遮蔽妙明真心的光明，不能搅浑真如实相的清净。进一步说，浮云岂外于虚明？浮云当体全然就是虚明。证悟妙明真心，则怎样也都是清净，怎样也都是妙道，所以诗人就信手写了句"夜深人寂浑无寐，时听空庭落叶声"，这"夜、深、人、寂、浑、无、寐、时、听、空、庭、落、叶、声"，没什么玄妙，就是平常事，就是自性流露。他要随便写句别的也一样。不要在言下执着，去思维"这是什

么意思"，没什么意思。因为信手拈来皆是。"麻三斤""干屎橛"皆
"意在言外。千言万语，总皆指归不涉因果修证凡圣生佛之法身理体。
令人先悟此体，然后起彼修因证果，超凡入圣，即众生而成佛道之事。
但其酬机之语，名为机锋，名为转语。欲令人参而自得，故无义路"
（印光大师《与泰顺林枝芬居士书二》）。

秋夕寄怀契上人

［唐］　皇甫曾

已见槿花①朝委露，独悲孤鹤在人群。
真僧出世心无事，静夜名香手自焚。
窗临绝涧闻流水，客至孤峰扫白云。
更想清晨诵经处，独看松上雪纷纷。

注释

①槿花：木槿花。

赏析

首联以槿花之朝开暮落点出人生无常之义。进而又自喻为人中孤
鹤，大有"众人昭昭，我独昏昏。众人察察，我独闷闷"（《老子》）
之无限感慨。一个"悲"字，也不知他是悲自己知音难觅呢，还是悲
众人沉迷生死。此时诗人顿时想起了方外好友，于是写到"真僧出世
心无事，静夜名香手自焚"，借此也进一步发挥自己的感悟。只有"心
无事"才是"真僧出世"。出不出世，关键在心。心无染着，就是出
世。"静夜名香手自焚"的旨趣归于一个"自"字。要想心中无事，还

须自己用功，自己承担，他人替不得，佛祖赐不得。说到底，三世十方也不离这个"自"，众生本自具足一切清净功德，只因妄想执着，不能证得。这也是"自作自受"。要解脱，也须从这四个字入手，所谓"自性烦恼誓愿断，自性众生誓愿度，自性法门誓愿学，自性佛道誓愿成"。若了悟自性，则能领会"窗临绝涧闻流水，客至孤峰扫白云"也就天然是法身般若。诵经也是看雪，看雪也是诵经，故云"更想清晨诵经处，独看松上雪纷纷"。更妙的是个"独"字。道，大而无外，小而无内，所以是孤独无侣；但也处处是侣，个个亲切。

若神栖心堂

［宋］　苏舜钦

予心充塞天壤间，岂以一物相拘关？
放然一物无不有，遂得此身相与闲。
上人构堂号栖心，不欲尘累相追攀。
冷灰槁木极溃败，虽有善迹辄自删。
予尝浩然无所扰，与子异指亦往还。
卷舒动静固有道，期于达者诚非艰。

赏析

　　"予心充塞天壤间，岂以一物相拘关"，诗人觉悟到真心遍一切处，所以不能以"一物"，即栖心堂，为固定居处，从而使心被拘关。但心遍一切处，也不离于一物，不妨栖而不栖，不栖而栖，于此堂中休息此身。此第一段是表达诗人自己对"栖心"的看法。第二段表达了诗人对若神僧观点的不同意见。"上人构堂号栖心，不欲尘累相追攀"，若神僧构建栖心堂，是为了与世隔离，远离俗世的追逐攀援。诗人认为这样"冷灰槁木"的做法，究竟是不通达的，为"极溃败"之举。像这样的远离世俗，使很多善迹都变得不圆满。所以诗人云："冷灰槁木极溃败，虽有善迹辄自删。"最后一段诗人对若神僧提出了自己的建议。"予尝浩然无所扰"，诗人真心浩然，不再被隐居或者入世这样的两边干扰。这样的境界与若神僧有不同处，但不妨碍两人交往。最后两句中，诗人希望若神僧这样的"达者"能真正悟达"卷舒动静"之道。全诗皆若神建栖心堂之事，表达自己的悟境和对小隐山林的看法，说理明晰，值得一读。

上元过祥符①僧可久②房，萧然无灯火

[宋] 苏 轼

门前歌舞斗分朋，一室清风冷欲冰。
不把琉璃③闲照佛，始知无尽本无灯。

注释

①祥符：寺名，在杭州城北。
②可久：僧人，字逸老，杭州人。
③琉璃：此处指琉璃灯。佛前供养之灯，总称琉璃灯。又，琉璃，青色宝石，七宝之一。

赏析

上元佳节，诗人外出观灯，见到了一派"歌舞斗分朋"繁荣热闹景象。这时正好到了祥符寺门口，诗人便决定进去探望老友可久。一走进可久的禅房，立刻感到了极大的反差：室内无灯无火，寒冷胜冰，惟有清风染着蒼卜余香，回旋翻飞。世俗红尘与佛门清净的对比立刻展现无遗。以诗人的高才敏思，于此巨大反差必然有所领悟。于是"不把琉璃闲照佛，始知无尽本无灯"脱口而出。此处不点燃琉璃灯，以照亮佛像，是因为真正的无尽灯不是佛殿的琉璃灯，而是修行者的般若智慧。唯有慧灯无尽，能破无明暗，能照出离路。如无智慧灯亮在心里，佛前点灯也就是"闲照"了。当然，这个道理还可以再否定一下：无尽灯也不离琉璃灯，两灯原本是一灯；点起琉璃灯即是点起了无尽智慧灯。但就是不这么否定一下，原来的意思也不是偏缺的，而是圆融的。一圆一切圆，一偏一切偏。实相无碍，无法不圆；众生执着，无法不偏。

神静师院

[唐]　韦应物

青苔幽巷遍，新林露气微。
经声在深竹，高斋独掩扉。
憩树爱岚①岭，听禽悦朝晖②。
方耽静中趣，自与尘事③违。

注释

①岚：山里的雾气。

②朝晖：清晨太阳的光辉。

③尘事：红尘俗事。

此诗前四句随着诗人的脚步，由远及近地将禅院的景色呈现眼前。诗人从布满青苔的幽巷，曲绕前进。青苔遍覆，可见来人稀少。走过幽巷就进入了一片树林。此时晨雾尚未散去，露珠在树叶上晶莹有光。树林前的竹林里传来悠扬的诵经声；在竹林尽头，禅院门扉轻掩。诗人行至此地，没有立刻进入禅房拜谒神静法师，而是沉浸于禅院四周的天然野趣。倚树休息，远观群山披霞，岚霭缭绕，近听野鸟弄声，鸣啭清丽。此时诗人心中充满了禅悦，耽于这宁静中的禅趣。就这样，尘事消散，不劳转身而后背道而驰。如果还要转身以相违，尘事已四面将人围住。只是当下歇心，从此不再见的尘俗与清净，相违与趋近，则"自与尘事违"。但这个"不见尘俗与清净"也是不可执着。诗人深得旨趣，所以写到最后也没见到禅师形象。因为见于不见是不二的。

神照禅师同宿

［唐］　白居易

八年三月晦①，山梨花满枝。
龙门水西寺，夜与远公期。
晏坐自相对，密语谁得知？
前后际断②处，一念不生③时。

①晦：月底。
②前后际断：谓有为法的前际后际断绝而不常住。但观之似不断绝

者，以前后相续故，如旋火轮然。《维摩经·弟子品》曰："法无有人，前后际断故。"净影疏曰："有为之法，前后相起，前为前际，后为后际。"

③一念不生：心中毫无杂念妄想，乃超越念虑的境界。

赏析

诗的前四句是事件交代。唐文宗大和八年三月底，山梨花开满了枝头，如云似锦。但诗人没有太多地流连于春花美景，因为与神照禅师有夜谈之约。禅师有如慧远大师一样的高妙禅修与渊博佛学，所以与他对晤，实在是件很吸引人的事。至此事件交代完毕。后四句是两人夜谈情景。说是夜谈，实际上只是相对静坐，一言不发。但这无言之说，实在是禅义无穷的"密语"。这不说之说，最有名的就是世尊拈花不语与维摩诘一默入不二法门。此处二人相对无语，其中奥妙，恐怕也就他们自己心领神会了。"前后际断"的意思是前念已断，后念不生。有为法的前际与后际是断开的，只因连接过快，凡夫不察。通过禅定的功夫将之截断，就是"一念不生时"。"一念不生，即是佛等"（《五教章》）。从此处可见诗人的禅修功夫不是一般。

十月二十六日三偈

[宋] 范成大

窗外尘尘事，窗中梦梦身。
既知身是梦，一任事如尘。

赏析

窗外是微尘一样的世界中的微尘世事。窗内是一个生死大梦中身在做梦中梦。既然了达"是身如梦，为虚妄见"（《维摩经·方便品》），则世事如尘一样多，也无所谓。是身如梦，譬喻人生虚幻不实。针对梦者执梦为实的弊病，佛教特别强调如梦智。《华严经》云："诸法无分别，如梦不异心。三世诸世间，一切悉如是。"证悟如梦智，就能了达事物的虚幻不实，遇境心不起，不被境转，不生贪嗔痴，而获致解脱。大慧宗杲云："昨日梦说禅，今日禅说梦。梦时梦如今说底，说时说昨日梦底。昨日合眼梦，如今开眼梦。诸人总在梦中听，云门复说梦中梦。"王安石《拟寒山拾得·其三》"凡夫当梦时，眼见种种色。此非作故有，亦非求故获。不知今是梦，道我能蓄积。贪求复守护，尝怕水火贼。既觉方自悟，本空无所得。死生如梦幻，此理甚明白"，说得很明白。

石屏路①

[宋] 满执中

石屏月如水，石壁云不动。
闲中攲枕卧，天地同一梦。

注释

①石屏路：位于皖东琅琊山。

赏析

"石屏月如水"，月光照在石屏上，犹如瀑布流下，晃动着风影，又像清水漫溢，一山皆湿。"石壁云不动"，云来到石壁，一改轻柔飘扬的性格，变得厚重深沉，好像凝结在石壁前，添加夜色的宁静。诗人在石屏路上，敧枕闲卧，卧在月光洒下的清水中，卧于白云凝成的幡盖下，进入明净清凉的世界。在这个世界中，无人我之分际，没心物之对抗，清净以有用，混沌而无相，齐天地生死，同日月晦光，可御风万里，能驾云八方，与山水精神往来，和春秋韵律舞唱，逍遥兮千古，浩荡兮九荒，北溟鲲鹏志纵横，南楚灵椿寿漫长，只此一梦，远超黄粱，大乐独知，神妙共赏。

示寂偈

[宋] 张商英

幻质朝章八十一，沤生沤灭无人识。
撞破虚空归去来，铁牛入海无消息。

赏析

"幻质朝章八十一，沤生沤灭无人识"，此五蕴幻身已"沤生"了八十一年了，如今就要"沤灭"了。"无人识"，既不见"我、人、众生、寿者"四相，还能有个什么人来识？"撞破虚空归去来"，禅宗常讲大悟之后，"大地平沉，虚空粉碎"，所以此处当指自己已悟大道，已回到真源故乡。那么这番"撞破虚空归去来"是个什么景象？正是"铁牛入海无消息"。铁牛入海，一沉到底，不会再有个什么消息传递回来了。这是什么意思？这是多此一问。张商英已经讲了"无消息"，怎么还要问"这是什么意思"？若还不知，且看这则公案：法眼文益行脚至地藏院，罗汉桂琛问："此行何之?"师（文益）曰："行脚去。"琛曰："作么生是行脚事?"师曰："不知。"琛曰："不知最亲切。"

书怀示友之五

[宋] 陈与义

我策三十六，第一当归田。
柴门种杂树，婆娑乐余年。
是中三益友，不减二仲贤^①。
柏树解说法，桑叶能通禅。

注释

①二仲贤：伯夷、叔齐。商末孤竹君二子，以互让君位，同隐首阳山。后因义不食周粟，以至于饿死。《史记·伯夷列传》详载其事，为高贤代表。

赏析

"我策三十六，第一当归田"，诗人闲居轻松心情溢于言表。"三十六计，走为上策"，于诗人此联，很有相通之处。颔联"柴门种杂树，婆娑乐余年"具体写他是怎么归田生活的。颈联中的"三益友"，出自《论语》"益者三友，友直、友谅、友多闻"。"二仲贤"指伯夷、叔齐二位高隐。此联大意是说这些杂树，犹如隐士，是自己的益友。林和靖"梅妻鹤子"，诗人以树为友，当也有此高风。尾联"柏树解说法，桑叶能通禅"直点禅意。此处是写无情说法，苏轼"溪声便是广长舌，山色岂非清净身"之意。更著名的是筠州洞山良价禅师云"也大奇！也大奇！无情说法不思议，若将耳听终难会，眼处闻时方可知"。无情说法，须具心眼始闻得。诗人以此结束本诗，使自己的归田生活，境界顿高，意趣无穷。

睡　起

[宋]　范成大

憨憨与世共儿嬉，兀兀①从人笑我痴。
闲里事忙晴晒药，静中机动夜争棋。
心情诗卷无佳句，时节梅花有好枝。
熟睡觉来何所欠，毡根②香软饭流匙。

注释

①兀兀：高耸特出。
②毡根：羊肉。纪昀批注云："盖毡以羊毛为之，而羊者毛之根也。"

赏析

首联极写自己和光同尘的状态。憨憨写其混混状，兀兀写其高耸状。心地清净，一任人说"痴"。"闲里事忙晴晒药，静中机动夜争棋"，具体写自己憨憨兀兀生活的两个细节。遇到晴天，就晒晒自己采来的药。夜晚和友人下几盘棋。"闲静"中，销尽时光。颈联"心情诗卷无佳句，时节梅花有好枝"很精彩。自己的心情闲适到了连诗句也写不出了，但应时开放的梅花，让人精神振奋。表现了诗人在闲适悠然的生活中，保持的是一颗有如梅花一样高洁的心，绝不与世俗同流。尾联进一步拔高主题。"毡根香软饭流匙"，最平常的生活最好，什么也不欠不余。此处是诗人知足常乐的体现。这个知足不光是一般意义上的对现有生活的满足，而是知道自性本具一切，是天然充足。诗人深通禅理，在吃饭睡觉上也能见到自性的光明，保持常乐的心。

送贺兰上人

[唐] 贾　岛

野僧来别我，略坐傍泉沙。
远道擎空钵^①，深山蹋落花。
无师禅自解，有格^②句堪夸。
此去非缘^③事，孤云不定家。

注释

①钵：钵多罗的简称，为比丘六物之一，即盛饭器。译为应器，或应量器。应有三应：一色相应，钵要灰黑色，令不起爱染心；二体相应，钵体粗质，使人不起贪意；三大小相应，不过量也，乞食不过七家，令人不恣口腹。

②格：格调。

③缘：因为。

赏析

上人将行来别，两人没有什么依依惜别的送别话，只是在泉沙旁略略地坐了会儿，然后就只身离去。一个"野"字，一个"略"字，将离别写得非常潇洒自在，无一点"执手相看泪眼，竟无语凝噎"（柳永《雨霖铃》）的俗人态。"远道擎空钵，深山蹋落花"，是诗人想象上人远行一路的情形。或行炊烟人家之地，托钵乞食，或入空幽翠阴的深山，踏花闲行。一位"一钵千家饭，孤身万里游。青眼看人少，问路白云头"（契此和尚）的得道高僧，跃然纸上。因为自性是佛，所以师也不是师，只是自性师，故云"无师禅自解"。"有格句堪夸"是说上人的诗写得非常有格调，非流俗能企及。最后两句表明上人离去不是有什么具体的原因，只是身如闲云，随缘而去。这就使上人"随缘任性，笑傲浮生"的禅者形象更为突出明朗，并且升华了全诗的意境。

送绝粒僧

[唐]　施肩吾

碧洞青萝不畏深，免将饥渴累禅心。
若期野客来相访，一室无烟何处寻。

赏析

"碧洞青萝不畏深"，僧人住在青萝掩隐的石洞中。"免将饥渴累禅心"，此处这位僧人是在行断食法，以便在短期内集中用功，不为饥渴饮食所累。绝粒，即是断食。印度自古即有断食法，本为瑜伽派或其他苦行外道行法。后来佛教也吸收采用。尤其密宗之修秘法者，为表示诚心及保持身体清净，皆实行断食，以避免诸秽物。《苏婆呼经》曰："念诵人起首求悉地者，应具八戒。或二三日亦须断食，然后作成就法。（中略）欲令彼等屎尿涕唾鼻秽不出故为遣断食，非为妨道而遣断也。"《瞿醯经》曰："换表是外洁，断食是内洁。若内外净洁，所得果报微妙第一。""若期野客来相访，一室无烟何处寻"，如果有野客前来寻访他，但因为没有炊烟，就很难找到了。这也表明山僧远离尘俗，一心用功，不愿有人来打搅。此诗虽是描写一位断食修行的僧人，但也寄托了诗人自己隐居离尘的情怀。

送普上人还阳羡

[唐] 皇甫曾

花宫难久别，道者忆千灯①。

残雪入林路，暮山归寺僧。

日光依嫩草，泉响滴春冰。

何用求方便②，看心是一乘③。

注释

①千灯：以一灯传燃千灯，即以一人之法辗转开导百千人而无尽。

②方便：方即方法，便即便宜，犹善巧也。

③一乘：佛乘。此处义谓看心是最直接简单的方法。

赏析

上人离开寺院来到此地已有些日子，现在必须回去了，因为一灯传燃千灯，这件唯一要做的事时刻萦绕在他的心头。回去的路白雪布散，穿过层林，遥入远方。上人坚定地走在归寺的路上，映着斜阳暮山，身影越来越小，但他慈悲众生，不顾劳累的伟大精神却渐渐地清晰。这种精神一定是来自于上人对真如实相的体悟。体悟真如，则能知道众生同体，所以，念念以传灯度人为要务。于是诗人笔锋一转，写出"日光依嫩草，泉响滴春冰"这样两句平常的风景句。这真是为上人的禅悟作个注脚。"平常心是道"，唯证此心者能真受用这日光嫩草、泉响春冰。末后一联点悟证的方法看心而已。心生万法，只此一心澄虑清净，自然是"春有百花秋有月，夏有凉风冬有雪，若无闲事挂心头，便是人间好时节"（无门慧开禅师）。

送勤照和尚往睢阳赴太守请

[唐]　刘长卿

燃灯传七祖①，杖锡为诸侯。
来去云无意，东西水自流。
青山春满目，白日夜随舟。
知到梁园②下，苍生赖此游。

①七祖：菏泽神会大师。师承六祖慧能大师，随侍慧能大师多年，一生弘扬慧能宗风。贞元十二年（796），唐德宗邀诸禅师，共推神会为禅宗第七祖。其著作有《显宗记》、《南阳和尚顿教解脱禅门直了性坛语》（残卷）、《南阳和尚问答》（刘主簿辑）等，后人辑为《神会语录》行世。

②梁园：又称梁苑、兔园。汉梁孝王筑，为游赏延宾之所。

首联介绍勤照和尚师从菏泽神会大师，现在为度化太守，杖锡而去。颔联借景写人。白云流水，是当时送别时候的自然景色。云水的无意自在，也正是禅师洒脱笑傲的体现。他赴"诸侯"之请，只是随缘度日，并无一丝一毫名利染着。"青山春满目，白日夜随舟"，是诗人想像禅师一路所览风景。夹岸青山，展现出一江的春色，触目皆是。船行春江，青山荫覆，虽在白日，如夜般的清凉却一直随着禅师畅游。这当也是禅师自心清凉的受用。"知到梁园下，苍生赖此游"，诗人对禅师的修持很有信心，也非常推崇，所以认为禅师到了睢阳，必能广弘佛法，度生无数。但"梁园虽好，终非久居之地"，诗人还是希望禅师能早日归来。

送日本国僧敬龙归

[唐] 韦 庄

扶桑已在渺茫中，家在扶桑①东更东。
此去与师谁共到？一船明月一帆风。

①扶桑：古代神话中海外的大桑树，据说是太阳栖息地和升起处。又，指日本。

诗人与这位日本僧人，关系非常好，前去送别，情谊深厚。首两句极写僧人故乡之遥远。传说中的扶桑树已是在极东渺茫处，而敬龙的家乡比扶桑还东面。这一递进，使人不禁对敬龙的旅途产生一份担心。诗人也以"此去与师谁共到"表达了自己的关切心情。诗自此处，离别之情已臻极点，而一句"一船明月一帆风"顿将愁情扫空，别开生面。在诗人看来，敬龙的禅修已达极高的境界，清风明月皆已融为一体，不再会有孤独等常人才有的情绪。的确，已悟真源的人，是时时与天地一体，没有一点孤独；但又不与万法为伴侣，没有一点不孤独。一切只是如此天然现成，有人伴也不闹，无人伴也不寂。诗人最后一转，不但将诗引入新的境界，也反映了敬龙是一位有道高僧，可谓善诗者。

送僧往湖南

［唐］ 刘 商

闲出东林日影斜，稻苗深浅映袈裟^①。
船到南湖风浪静，可怜秋水照莲花。

注释

①袈裟：比丘的法衣。因其形状为许多长方形割截的小布块缝合而成，有如田畔，故又名割截衣或田相衣，亦称福田衣。

赏析

此诗以送别为题，"不着一字，尽得风流"地写出了一位僧人的出尘风致。"闲"字表示他走出东林只是率性而为，所谓"得道即无着，随缘西复东"（白居易《送文畅上人东游》），犹如白云无心出岫。此处"东林"也只是表示僧人所在的寺院是清净兰若。"日影斜"点出此时是黄昏。空旷的田野上，落日斜照，稻田里倒映着云天霞光，还有僧人的远行只影。从"船到南湖风浪静"一句可知僧人已换水路前进。同时也以"风浪静"来比喻僧人心的寂静，如水无波。"波动则昏乱，水清则月现"，清水有照映万物的功能，好比清净心能生无边妙用。在此处，这泓清水，倒映出象征出离的莲花，即是一道极美风景，又表示僧人如莲花出泥不染，清净离尘。全诗只是写景，但更是僧人澄明皎洁的内心世界的反映，令人读之忘尘。

颂桃花

[宋] 张商英

花落花开百鸟悲，庵前物是主人非。
桃源咫尺无寻处，一棹渔蓑寂寞归。

赏析

　　此诗是颂牛头法融禅师的一个公案。法融禅师在南京牛头山修行，感得百鸟衔花，后蒙四祖道信传法，彻悟心源，而百鸟衔花的事也没了。围绕这件事，后世公案很多。如有僧问南泉："牛头未见四祖，为什么百鸟衔花？"泉云："为渠步步踏佛阶梯。"曰："见后为什么不来？"泉曰："直饶不来，犹较王老师一线道。"现在来看看这诗。"花落花开百鸟悲"，百鸟随花开落生出喜悲。"庵前物是主人非"，法融禅师住的庵前，一年四季景变无常，而禅师经由道信大师钳锤，自悟"正法眼藏，涅槃妙心"，不同于过去。"桃源咫尺无寻处"，如果跟着"花落花开百鸟悲，庵前物是主人非"走，绝对是见不到本来心源。花不曾开落，鸟也无悲喜，庵前景常在，禅师无变异。不要跟着变化走。但就这样领会，也是早就被系驴橛系住。如何能找到桃源？"桃源咫尺无寻处"，诗人已回答了。"无寻处"就是，有个寻处难出头。你看江上渔翁，一棹归来，哪天不是在桃源上纵横？只要你归，一归便得。如何是归？"花落花开百鸟悲，庵前物是主人非"。

宿诚禅师山房题赠（其一）

［唐］　刘禹锡

宴坐①白云端，清江直下看。
来人望金刹，讲席绕香坛。
虎啸夜林动，鼍②鸣秋涧寒。
众音徒起灭，心在净中观。

注释

①宴坐：安身正坐之意。
②鼍：爬行动物，穴居江河岸边，其声如鼓。

赏析

　　首联运用对比的手法，加之以色彩的烘托，勾画了一幅高峻清净的图画。禅师的山房在白云半道的高峻处。诗人宴坐白云里，只见清江围绕山下，婉转如带。虽处如此高处，每天来拜谒禅师的人还是络绎不绝。人们来到后，虔诚地围坐在禅师周围，听禅师开演佛法。这都是禅师的智慧德行所致。后四句是诗人在寺中受到影响后的一番感悟。万籁俱静的深夜，猛虎偶啸一声，使山林震动。鼍龙时常在深涧吼叫，送来阵阵秋寒。但这样动人心魄的喉啸，现在却不能影响到诗人。心入净观的诗人，已与天地融为一体，虎鼍之声也只在诗人自己心中，所以是任他声震天，心自不动摇。

宿澄泉兰若

[唐] 郑 谷

山半古招提^①，空林雪月迷。
乱流分石上，斜汉在松西。
云集寒庵宿，猿先晓磬啼。
此心如了了，即此是曹溪。

注释

①招提：四方的意思，如四方之僧为招提僧，四方僧之施物为招提僧物，四方僧的住处为招提住处。魏太武造寺，以招提名之，由是招提便成为寺院的别名。

赏析

首联以寺院的环境和当时的季候开篇，营造出清冷幽寂的氛围。古寺藏在半山，远离了喧嚣的尘世。一个"迷"字又描写出空林中雪月交融的冷寂，使得原就幽深的寺院，更添空灵。此时诗人的心情也变得宁静平常，多少尘恼都被清凉化去。但见清泉乱流石上，银汉西沉松下，寒云闲住庵顶，猿啼惊破晨晓。细细体会自然的风景，诗人的心也越来越明澈清净，体悟到当下即是本心清净，别无他得。所以他写了句"此心如了了，即此是曹溪"来点明心悟，提升主题。心即是佛，只是众生迷走狂奔，不能当下体认，以至虽怀明珠，却累劫受贫，沉沦六道受种种苦。如果当下安心，则"无处青山不道场"，无处不是曹溪，"处处绿杨堪系马，家家门底透长安"。那么曹溪到底在哪里？曹溪只在广东曲江县（曲江区）东南50里处。

宿甘露僧舍

[宋]　曾公亮

枕中云气千峰近，床底松声万壑哀。
要看银山拍天浪，开窗放入大江来。

> **赏析**

　　首二句"枕中云气千峰近，床底松声万壑哀"，极写诗人居住甘露
寺时见闻的壮丽景色。山中云气常入户来，盘旋枕边。远望千峰，只觉
同在一室，如观壁上墨画。松声成涛，就像从床底涌出。万壑风过，天
籁呼啸动地哀，远胜指下琴音。"要看银山拍天浪，开窗放入大江来"
两句更是将天地人的融合，依山临江的壮阔推向极致。诗人打开窗，只
见长江滚滚逼来，浪如银山，直接云霄，仿佛一下子涌进了房间。这样
的景色，经诗人进行主客的对换，则即刻境界高升。"万物皆备于我"
（《孟子》）的浩然心胸呈现无遗。苏轼有诗云"客来梦觉知何处？挂
起西窗浪接天"，与此处有异曲同工之妙。此诗虽未直接运用佛教的教
义术语，但这种"开窗放入大江来"的大气魄，大胸怀，也可谓孤峰
独临的禅者行谊。

宿蒋山栖霞寺

[宋]　俞紫芝

独坐清谈久亦劳，碧松燃火暖衾袍。
夜深童子唤不起，猛虎一声山月高。

一次诗人来到风景优美的栖霞寺，并借宿其中。晚上，诗人与寺僧围着燃烧的碧松篝火，清谈佛法禅理。谈久了，觉得有些累，但一点也不觉得冷，火烤得很温暖。此时夜已深沉，随来的伴童早就熟睡唤不起。正此时，一声虎啸传来。诗人不禁抬眼向外看，只见山月升得更高了。弦外之音大概是说佛法如猛虎啸，能使众生烦恼睡醒。但也有很多众生因缘不契，虽有虎啸，也不能醒来。也不定要作这弦外之解，就这样自自然然的情景，恐怕比解一解，还要能触动心灵，发人猛醒。王安石晚年对俞紫芝极为器重，赞其诗为"红渠碧水"。对于本诗，王安石最推崇"夜深童子唤不起，猛虎一声山月高"这两句，并写有"新诗比旧仍增峭，若许追攀莫太高"的赞语。

宿兰若

[唐] 施肩吾

听钟投宿入孤烟，岩下病僧犹坐禅。
独夜客心何处是，秋云影里一灯然。

赏析

"听钟投宿入孤烟"，诗人在山里行游，不觉中天色已黄昏，于是就追寻洪正的晚钟，来到一个山中兰若投宿。深山古寺，人迹罕至，唯有一位僧人在此精进修行。他虽然身患病疾，但依旧静坐岩下，安禅用功。诗人对他很有些敬佩。疾病虽是很苦，但比起无明烦恼之病，还不算什么。无明烦恼才是最大的病，治好了这个病，才能永出生死。这就是"岩下病僧犹坐禅"的缘由了。寺里只有诗人一个客人，并且也没有僧人陪他谈天论道。一个人在这样的深山古寺，静夜无眠，自然就有些哲思。在静默中，诗人觉得自己的心，渐渐清明光亮，犹如"秋云影里一灯然"。虽然还不是很亮，但也能够照明一片天地，使夜不至于太黑。这也许是当时的刹那禅悟，也许是诗人在红尘浊浪中保持高洁澄明的决心。

宿清远峡山寺①

[唐] 宋之问

香岫②悬金刹③，飞泉界石门。

空山唯习静，中夜寂无喧。

说法初闻鸟，看心欲定猿。

寥寥隔尘市，何异武陵源④。

注释

①清远峡山寺：在湖南武陵山区的石门。

②岫：山洞。

③金刹：金刹原来之意指佛之国，又指塔上之九轮。此处指代佛寺。

④武陵源：陶渊明在《桃花源记》中描绘的世外之地。

赏析

首联栩栩如生地描绘了古刹屹立于巅峰峭壁的雄姿，和飞泉划破石门的壮景。颔联极力渲染了禅师于空山深夜修习静虑，心住正定的静寂场景。而"说法初闻鸟"又说明了静寂不是死水一潭，习静不是进入死寂，而是有着活泼泼的妙用。同时该句也以鸟鸣不外说法来告诉我们禅师已悟达佛性。只有悟达了佛性，了知佛性遍一切处，才能于鸟鸣花开处皆闻到佛法。"看心欲定猿"，进一步说明了禅师习静的方法。这是典型的北宗禅师参禅法。他们用猿来比喻散动不定的心。习静就是要将这个心猿看好，使它不乱动，进入禅定；由定生慧，了知佛性。尾联的文意是讲古刹高远偏僻，远离尘世，如同桃花源一般。也可以进一步理解到心寂才是隔于尘世的真正原因，才是入住桃花源的唯一途径。所谓"心远地自偏"是也。

宿僧院

［唐］ 刘得仁

禅地无尘夜，焚香话所归。
树摇幽鸟梦，萤入定僧衣。
破月①斜天半，高河②下露微。
翻令嫌白日，动即与心违。

注释

①破月：此处当是下弦月。
②高河：银河。

赏析

首句表达的都是僧院深夜的无声寂静与无尘清净。在清寂中，檀香轻焚，烟氲围绕，诗人与寺僧闲谈夜话。说的是他自己进入寺院后如归故乡的感受，还有人生究竟归宿何处的大话题。说到忘机处，一时无言，但见"树摇幽鸟梦，萤入定僧衣。破月斜天半，高河下露微"。微风动树，轻摇枝叶，但并没有惊动深入缥缈梦乡的小鸟。萤火虫飞入僧房，暂栖在僧人的衣服上，僧人坐禅入定，完全没有任何察觉。缺月半挂天中，夜露从银河而来，渐渐浓重。如此清冷宁静，又充满禅趣的夜景，大概只有在这远离红尘的僧院才能领略一番。夜阑更残，白天很快就要来到。诗人被这清凉的夜景感动，对白天倒有点嫌憎，因为白天一到，他又要投入熙熙攘攘的红尘中去了。从此看出诗人还未达到"动静不违"的一如境界。但这首诗闲雅平和，淡中出远，自为佳作，尤其"树摇幽鸟梦，萤入定僧衣"，《瀛奎律髓》赞为"此一句古今无之"。

宿山寺

[唐]　张　嫔

中峰半夜起，忽觉有青冥。
下界自生雨，上方犹有星。
楼高钟独远，殿古像多灵。
好是潺湲水，房房伴诵经。

赏析

首联描写寺在高耸的中峰，诗人半夜起来，出门独立，身处云雾缥缈中，顿觉登上了青天。此时云下着淅沥夜雨，而头上的夜空，依旧繁星闪烁。这是身在高处能见到的平常景象。但联系到寺院、佛法，就有了点更深的含义。人若在山底下，则只能见到黑云白雨，根本想不到云上依旧是晴空；到了山顶才知，无论风云雷电如何变幻，头上青天是不会随之改变的。好比明悟心性，则知任随缘万有，变幻无穷，自性真如湛然常寂。但未开悟的人，不识这个不变的，总是跟着变化走，烦恼重重，轮回受苦。悟者慈悲，苦口婆心开示有个不变的，但信之者少，疑之者多。好比山顶上的人对山下的人讲没下雨，一般是不会被人采信的。颈联回到寺院，高楼钟声独传悠远，而殿内的古像，充满了灵气，写出了寺院的幽古清穆。尾联直接写僧人夜间精进，诵经的妙音犹如潺潺流水。这样，整个宿山寺的主题，就完整地表达完毕。

宿山寺

［唐］　贾　岛

众岫耸寒色，精庐①向此分。
流星透疏木，走月逆行云。
绝顶人来少，高松鹤不群。
一僧年八十，世事未曾闻。

注释

①精庐：精舍也。寺院之异名，为精行者所居，故曰精舍。

赏析

首联点明了季节与整体环境。此时正是秋风横扫后的冷落时节，万木萧条，群山肃杀。山寺就耸立在山顶，孤高静洁。深夜时，寂寥的天空中，忽然划过灿烂的流星，透过稀疏的树枝，传来微亮的问候。夜风催促浮云，急速走过明月的身边，幻化出丰富的烟云图。很少有人来到山顶，只有高瘦的青松，相伴白鹤起舞弄影。就像很少有人能参透禅关，契入一尘不立又万德圆彰的一真法界。寺中的老僧，年已八十，沧桑的世事都已忘怀，还有的只是如苍天明月般高阔清净的禅心。并非没有世事传到此地，虽然很少；要做到"未曾闻"，只有会得"过去心、现在心、未来心"了不可得，才能是闻而不闻，不闻而闻。全诗意境幽寂，色彩素淡，平静中充满了出离的情怀，可谓佳作。

宿少林寺

［宋］ 文彦博

六六仙峰绕佛居，俗尘至此暂销除。
西来未悟禅师意，北去还驰使者车。
五品封槐今尚在，九年面壁昔何如？
心知一宿犹难觉，花藏重寻贝叶书。

赏析

　　首联总体交代少林寺的大环境与自己的感受。嵩山三十六峰，云气氤氲，恍若仙境。少林寺就在仙峰环绕中。诗人一生政务繁忙，到了少林寺顿觉尘俗销去，清凉自在。颔联是说诗人未能会得祖师西来意，也不能久留此处参悟禅机，因为必须北驰移守大名府。"什么是祖师西来意"，是禅宗常提的一个问题，会得祖师西来意即为开悟，开悟时顿会祖师西来意。这个西来意，不能通过言语思虑来想明白，只有"悟"，才能会得。"五品封槐今尚在，九年面壁昔何如"，当年武则天封过的五品槐犹在，而达摩大师九年面壁的意旨，诗人却只有"何如"的疑惑，不能了然通明。"心知一宿犹难觉，花藏重寻贝叶书"，诗人知道自己在少林寺只住一宿，不可能明白禅宗宗旨，只有日后再钻研佛法，以期临会。全诗充满了入世与出世的矛盾，以及一丝未悟的惆怅，是北宋很多士大夫的共同心理。

宿莹公禅房闻梵

［唐］ 李 颀

花宫①仙梵远微微，月隐高城钟漏②稀。
夜动霜林惊落叶，晓闻天籁③发清机。
萧条已入寒空静，飒沓仍随秋雨飞。
始觉浮生④无住着，顿令心地欲皈依⑤。

注释

①花宫：佛寺多花，故又称花宫。又，摩揭陀国之故城拘苏摩补罗，唐言香花宫。

②钟漏：计时工具。

③天籁：自然界的声音，如风声，鸟声，流水声。

④浮生：又称浮世、忧世，谓世间无常不定，充满忧苦。

⑤皈依：皈向、依靠、救度之义。皈依佛、皈依法、皈依僧，叫作皈依三宝，也叫作三皈依。

赏析

诗人在"月隐高城钟漏稀"的深夜，听到香花宫城的梵音仙乐隐隐约约传来，随即又复归寂静。正回味无穷时，夜风吹动霜林的落叶，发出瑟瑟秋声，让诗人终夜难眠。晨晓在不知不觉中到来，各种自然之声令人更加清醒。禅房外一片萧条，凝结寒空。信步而出，不意秋雨纷飞，更是凄清无依。在这样的绝尘清境，顿使诗人觉悟到浮生无常，如露若梦，没有什么可以留恋，也没有着陆之地。佛门清净，寂灭为乐，实在是一个最好的归处，所以是"顿令心地欲皈依"。此处"心地"二字更可看出诗人精通佛法，深知心中的内皈依最是要紧。所谓内皈依是指"皈依佛，觉而不迷；皈依法，正而不邪；皈依僧，净而不染"。有了内心的真实皈依，皈依的仪轨才能尽起本具的巨大作用。

宿赞公房

［唐］ 杜 甫

杖锡①何来此，秋风已飒然。
雨荒深院菊，霜倒半池莲。
放逐宁违性，虚空不离禅。
相逢成夜宿，陇月向人圆。

注释

①杖锡：手持锡杖。锡杖，菩萨头陀十八物之一，上有四股十二环，表四谛十二因缘之义。比丘向人乞食，到门口，便振动锡杖上的小环作声，以让人知道。

赏析

诗人因上疏救宰相房琯，被贬弃官，暂居秦州，不意遇到了谪置此地的原京师大云寺主赞公，所以以"杖锡何来此"反诘起笔，表现了惊愕之情。"秋风已飒然"自然是寓情于景，以秋风诉说一份不满与困苦。"雨荒深院菊，霜倒半池莲"紧接"秋风"义旨，进一步渲染赞公与自己处境的萧条凄清。对仗工整，用字精准，以"荒""倒"二字使冷落身世传神而出。此处也为下面赞叹赞公梵行高洁，禅心清净作一反衬。诗至"放逐宁违性，虚空不离禅"则愁戚之情一扫而空，换之以无尽的平和，又透出独立孤峰顶的豪情。赞公深通佛法，无论外境如何变化，也不能动摇他的清净心。而一切万法无非真如，放逐本身也不离空性，就如虚空也是禅。在赞公身边，使诗人也感染了几分宁静安详。夜间在赞公禅房休息，抬头望见明月朗照，扫清太虚，犹如禅心光明，能除种种违顺。同时尾联也点出题意，以作照应。

题巴东寺

[宋]　寇　准

寺在猿啼外，门开古涧涯。
山深微有径，树老半无枝。
望远云长瞑，谈空日易移。
恐朝金马①去，还失白莲期。

注释

①金马：神名。此处用指有影响的祭祀活动。

赏析

首联极写巴东寺的环境险要。"寺在猿啼外"，寺在极高处，连猿也很难攀到。"门开古涧涯"，门临深涧峭壁，险危顿显。"山深微有径"，表现了寺院远离俗世，只有一条小径，弯曲在丛林深山中，时隐时露，略通人间。"树老半无枝"，古寺历史悠久，树老枝枯，沧桑深沉。至此，寺院的全貌已经呈现，肃穆寒静，离尘超然。颈联起转写禅悟心觉。"望远云长暝"，远望云海壮阔，无边无际，玄暝意幽，令人遐想深远。"谈空日易移"，与寺僧探讨"空"的道理，完全沉浸其中，忘了时间的变易。最后两句"恐朝金马去，还失白莲期"，写出了一个重要的思想：要就此安心修行，向外奔驰求逐，将错失真正的"白莲"。这是全诗境界的升华，体现了诗人对佛法的深通。

题白石莲花寄楚公

[唐]　李商隐

白石莲花谁所共？六时①长捧佛前灯。
空庭苔藓饶霜露，时梦西山老病僧。
大海龙宫②无限地，诸天雁塔几多层？
漫夸鹙子③真罗汉④，不会牛车⑤是上乘。

注释

①六时：昼三时与夜三时，合称为六时。

②龙宫：为龙王或龙神之住处。

③鹙子：又作鹙鹭子，即舍利弗尊者，为佛十大弟子之一，以智慧第一著称。

④罗汉：阿罗汉之略称，小乘之极果，含有杀贼、无生、应供等义。杀贼是杀尽烦恼之贼，无生是解脱生死不受后有，应供是应受天上人间的供养。

⑤牛车：《法华经·譬喻品》举出羊、鹿、牛三车，牛车比喻菩萨乘。

诗人因六时长供佛前的白石莲花，想起了楚公。于是诗人就写了这首诗遥寄楚公。诗人说自己在清霜寒露降满苔藓的夜里，经常梦到他这位老朋友。从此可见诗人与楚公关系甚好。颈联笔锋忽地一转，描写起龙宫的无限与雁塔的极高。一时让人觉得不知所云。看了尾联才明白，这是诗人鼓励楚公在佛法修持上更上一层楼。以龙宫的无限与雁塔的极高来突出学佛有更高的目标，直至成佛方是究竟。尾联阐明以舍利弗为代表的阿罗汉，不会最上乘义，停留在小乘极果，不以成佛为最究竟之目标，直到法华会上，方才回小向大，发愿成佛。这是从反面策励楚公当证最上乘，成就佛道。全诗即是怀念友人，又是对友人和自己的策励，用典恰当，寓意深远。

题禅僧院

[唐]　施肩吾

栖禅枝畔数花新，飞作琉璃池上尘。
谷鸟自啼猿自叫，不能愁得定中人。

从首句来看，此时当是春天。风和日暖，花叶常新。"栖禅枝畔数花新，飞作琉璃池上尘"，禅院内，一位僧人在漫洒的古树绿荫里安禅入定。树周围又开出了各色新花。春风扬起，数花随之飞舞，飘落到水潭中，无声随流。潭中清水，澄若琉璃，在春日下浮光轻动。诗人在此处将花视作飞尘，是因为花虽妍美，但比起清澄明净的池水，也只是浮尘而已。以此托出出世的清净远胜尘世的美艳。"谷鸟自啼猿自叫，不能愁得定中人"，山谷中的鸟与猿，自是啼叫，但丝毫不能影响到那位安禅入定的僧人。诗人在此用个"自"字，一是呼应"不能愁得定中人"：鸟与猿只管啼叫，与僧人无关。二是暗含众生皆有佛性的思想。鸟自是会啼，猿自是会叫，但鸟不会猿叫，猿不会鸟啼，这都是佛性妙用。饿了就要吃，困了就得眠，一切天然，皆是神通妙用。

题崇福寺禅院

[唐] 崔峒

僧家竟何事，扫地与焚香。
清磬度山翠，闲云来竹房。
身心尘外远，岁月坐中长。
向晚禅堂掩，无人空夕阳。

赏析

首联在一问一答中描写了僧人的日常生活。看似平常的"扫地"蕴含着非常深刻的教义。扫地有五种德，世尊曾亲自扫地，以为教育。《毗奈耶杂事》曰："佛告诸苾刍，'凡扫地者有五胜利，云何为五？一者自心清净，二者令他心净，三者诸天欢喜，四者植端正业，五者命终之后当生天上'。"有位大阿罗汉周利槃特迦就是因扫地而开悟的。焚香的目的一是在于供养十方贤圣；二是表示常以佛法熏习自心，以期证果。颔联刻画风景，很有佛家特色。磬是种法器，其音清越，能助人道心。闲云更是妙喻僧人心闲常自在，如"片云闲似我，日日在禅扉"（皎然《寄昱上人上方居》）所说。颈联是僧人坐禅时的体悟。只觉身心寂静，远离了喧嚣称世，更重要的是远离了客尘烦恼。相对的时间也已超越，无尽的岁月可以入于一念，而也可于一念中见三世。在这样的幽静中，日暮西照，禅门轻掩，院中了无人影，离尘之清净顿现眼前。

题道虔上人竹房

[唐] 李嘉祐

诗思禅心共竹闲，任他流水向人间。
手持如意①高窗里，斜日沿江千万山。

注释

①如意：指说法及法会之际，讲师所持之器具。此物原为印度古时之爪杖，梵语为阿那律，柄长三尺，形状如云，或如手形，乃搔背止痒所用。然在我国及日本，又成为一般之持物，表示吉祥之意。在佛教中，法师于说法及法会时，亦持用之。

赏析

首句描写一位禅师因禅修，悟达自身与天地为一体，同万物共圆融，房前青竹也与自己了无隔阂，两处一般闲了。有这样能染所染俱无的境界，自是不再惧怕红尘俗事的污染，所以"任他流水向人间"。此中还有一义是"佛法在世间，不离世间觉，离世觅菩提，犹如觅兔角"（六祖语），必须将出世入世融为一个方可。更何况大乘菩萨利益有情，是必须再回到人间的。此时禅师一手拿着象征玄谈妙论的如意，从窗口眺望，但见千山衬着斜阳将下，映红了川流不息的江水。已"如意"在握的禅师自不会对此斜阳生出犹如"夕阳西下几时回""夕阳无限好，只是近黄昏"之类的伤叹。斜阳就是斜阳，落下就落下，岂可妄生分别，被心所生境转迷？唯有心入寂静，才能真正欣赏到"斜日沿江千万山"的美妙处。

题梵隐院方丈梅

[宋]　晏敦复

亚槛倾檐一古梅，几番有意唤春回。
吹香自许仙人下，照影还容高士①来。
月射寒光侵洞户，风摇翠色锁阶苔。
游蜂野蝶休相顾，本性由来不染埃。

注释

①高士：超俗之人，多指隐士。

赏析

"梅以韵胜，以格高，故以横斜疏瘦与老枝奇怪者为贵"（范成大《梅谱后序》），从首联看，梵隐院方丈梅是很"贵"的了。横压栏杆，倾遮屋檐，姿韵神妙，情怀高洁。"几番有意唤春回"，傲骨抗寒，柔情度春，真大丈夫之风流也。颔联以仙人相比拟，以高士为独往来，突出梅的仙态方姿，高品无尘。这也是写梅的惯常手段。颈联通过写梅影来具体补充描写梅花。月照下，梅化成水中影，"轻盈照溪水，掩敛下瑶台"（杜牧《梅》）；化成窗间影，"写真妙绝横窗影"（陆游《涟漪亭赏梅》）；化成苔上影，"数枝寒照水，一点净沾苔"（翁卷《道上人房老梅》）。通过细腻地写影，梅的神逸高洁跃然纸上。尾联收入禅

110

义。梅花"天然根性异，万物尽难陪"（朱庆馀《早梅》），蜂蝶自然也是难相顾。但若让蜂蝶小憩一会，也不碍本性清净。

题高斋

［宋］　赵　抃

腰佩黄金已退藏，个中消息也寻常。
世人欲识高斋老，只是柯村赵四郎。

赏析

　　诗人退隐后，作高斋以自适。文字意思是说自己已交还黄金官印，如今只是平常人，就是柯村的赵四郎。不过这首诗也是诗人自述悟境的诗，还可再深解一番。贵逾黄金的种种指月路标，佛言祖语，大悟之后，也都用不着了，好比过了河，应当将筏放下。如今只剩下平常。道即平常心，没什么特别的，只是人不会，才绕出种种殊胜特别。诗人已登孤峰顶，一览众山小，自然是说得一句"个中消息也寻常"。怎么个寻常法呢？高斋老只是柯村赵四郎。"诸人从朝至暮，动作云为，皆承第一义威神之力，因甚当面错过？山僧不惜眉毛拖地，更为拈出。个事从来本现成，不妨逐一说与卿。岭梅庭柏常显露，夜雨秋风互举呈。空里白云浮片片，枝头好鸟鸣嘤嘤。水流花放勿错过，衣暖饭香自了明。仁义礼智备于我，喜怒哀乐岂是情。逢缘遇境能荐取，堪报佛恩度众生"（印光大师语）。此处如何会？且看发问是阿谁，莫只彷徨不肯认。

111

题谷熟驿舍[①] (其二)

[宋] 晁补之

一官南北鬓将华，数亩荒池净水花。
扫地开窗置书几，此生随处便为家。

注释

①驿舍：旅舍。

赏析

　　诗人宦游一生，踪迹遍布南北。此时已老，双鬓将白。在当时寄居的驿舍前有一数亩大的池塘，因无人打理，一任自然，所以称"荒池"，而禅意渐起。虽是荒池，池水却十分洁净，透出清冽凉意。"扫地开窗置书几，此生随处便为家"，在这样的一个算是荒芜的地方，诗人很自得地做着一件件日常小事，随遇而安的心境展现无遗。有执着拘束，才会觉得哪处是家，哪处不是家，从而种种思乡旅愁，困扰人心。去掉是家非家的妄想，尽法界是莲花故乡，则自可处处安心，在在归源，"此生随处便为家"了。苏轼《定风波》"莫听穿林打叶声，何妨吟啸且徐行。竹杖芒鞋轻胜马，谁怕？一蓑烟雨任平生"，与此诗意气相通。

题广喜法师堂

[宋] 苏舜钦

我为名驱苦俗尘，师知法喜[①]自怡神。

未如欢戚两相忘，始是人间出世人。

注释

①法喜：指听闻佛陀教法，因起信而心生喜悦。

赏析

本诗是方内之诗人题赠方外法师的，所以很自然地先做了个比较。首句写诗人自己被名利心驱使，奔波俗世，为尘所染，感到非常"苦"。尘者，"坋污净心，触身成垢，故名尘"（《净心诫观》）。此句描写法师因为听闻了教法，并产生了信心，非常喜悦，怡然自得。两句一苦一喜，对照强烈，贬己扬师，禅机初透。第三句笔锋一转，苦乐俱扫，自己与法师全部否定。至此方看出本诗主题所在。为名所驱，是执着，是苦；为法喜所粘缚，也是执着，也非究竟。当须"欢戚两忘"，稍有相应，才"始是人间出世人"。

题胡逸老致虚庵

[宋] 黄庭坚

藏书万卷可教子，遗金满籝常作灾。
能与贫人共年谷，必有明月生蚌胎。
山随宴坐图画出，水作夜窗风雨来。
观水观山皆得妙，更将何物污灵台①。

注释

①灵台：此即指心。《庄子》云："万恶不可内于灵台。"

此诗先议论，再写景，与一般此类诗的格局相反。首联直赞胡逸老诗礼传家，教子有方。"遗金满籯"典出《汉书·韦贤传》。韦贤为邹鲁大儒，任汉宣帝相，教四子皆有成，邹鲁有谚曰："遗子黄金满籯，不如一经""君子之泽，五世而斩"，以黄金遗子不如传以诗礼也算是古人的一个普遍共识。"能与贫人共年谷"赞扬胡逸老宅心仁厚，并说因他的善行，必能感得好子孙。孔融与韦端书曰："不意双珠，近出老蚌，甚珍贵之。"盛赞韦端的两个儿子品行端正，犹如明珠。"必有明月生蚌胎"即出于此处。颈联开始写致虚斋风景。此二句是倒装的手法。这样写，突出了山水给人的强烈美感，并且化静为动，既添情趣，又刻画出主人"天地万物皆备于我"的浩然之气。尾联总结全诗：山水无非妙道，"落花流水去，修竹引风来"皆是佛法大意，祖师妙旨（石霜庆诸语），于心只是一个，自是不污灵台。至此，胡逸老的高洁操行，超然心境，表现无遗，同时也寄托了诗人自己对此的向往之心。

题惠山寺①

[唐] 张 祜

旧宅人何在，空门②客自过。
泉声到池尽，山色上楼多。
小洞生斜竹，重阶夹细莎③。
殷勤望城市，云水暮钟和。

注释

①惠山寺：坐落在惠山东麓。惠山，在江苏无锡西郊，江南名山

之一。

②空门：佛教的总名，因佛教阐扬空的道理，并以空法作为进入涅槃之门。又，四门之一：一有门，二空门，三亦有亦空门，四非有非空门。

③莎：莎（suō）草，多年生草本植物，多生在潮湿地区或河边沙滩上。

赏析

惠山寺已萧冷多时，不见人踪。诗人心闲自在，无拘无束地从"空门"步入寺院。"空门"即是佛门的代称，有指门内空无一人，一语双关。寺里虽荒芜，但景色仍佳。泉水轻灵有韵地一路流过来，静静地汇入了碧池清塘。诗人登上小楼，眼界开阔，山色分外优美，好像特意照顾登楼人。从楼上看去，几竿幽竹从墙洞中斜出，摇曳婆娑；细弱的莎草铺满了台阶，更添生意。整个境界空灵幽静，诗人也完全融入进去，消抹了看景的人与被看之景的界限。就这样静静地，静静地，时间停顿。远处的钟声沉厚地响起，诗人被警醒，又回到了久已习惯的"现实世界"。这时他转身远眺，但见繁华的无锡城裹在暮云远水和回荡的钟声里，变得朦胧虚幻起来。全诗至此戛然而止，将一份静机清思留给了每一个"现实世界"里的人。

题暕上人院

[唐] 司空曙

闭门不出自焚香，拥褐看山岁月长。
雨后绿苔生石井，秋来黄叶遍绳床①。

身闲何处无真性，年老曾言隐故乡。

更说本师同学在，几时携手见衡阳。

注释

①绳床：比丘十八物之一，为绳制之坐具（椅子）。

赏析

首联描写𬱟上人长年足不出户，一心修道，精进修行。有时也披着僧衣，静看山黄山绿。"雨后绿苔生石井，秋来黄叶遍绳床"，一切都显得自然亲切。雨后绿苔必然生长；秋风一起，树叶落满床，很平常。但这里真是须具眼处。"冬即言寒，夏即道热"（赵州从谂），只是这样如是如是，便是上人禅心离尘的真实受用。"身闲何处无真性"便承接上联，明写𬱟上人深悟遍虚空，尽法界，无一处不是真性，无一处不是身闲处。于此中又拈出一句"年老曾言隐故乡"，好像还有世情不能放下，实则不然。"隐故乡"与无处不闲是无二无别，圆融无碍的。如果因无处不闲就排斥"隐故乡"，则是执着于无处不闲。但于这个"无二无别，圆融无碍"又岂可执着？如执于此，以为不归故乡是不圆融，则又"白云千里万里"了。尾联承接"隐故乡"之义，诉说对同道好友的思念，盼望能"携手见衡阳"。此正是俗不碍真，真岂斥俗？有个真俗见，依旧大执着，没个真俗见，还有没个在，直待消融尽，大地春花开。

题荐福寺①衡岳禅师房

[唐] 韩 翃

春城乞食②还，高论此中闲。

僧腊③阶前树，禅心江上山。

疏帘看雪卷，深户映花关。

晚送门人出，钟声杳霭间。

注释

①荐福寺：在今陕西西安市南。

②乞食：十二头陀行之一。比丘为资自己色身，向人乞食。

③僧腊：出家年数。僧受戒经一夏曰一腊。

赏析

首联叙述禅师从城中乞食而归，在禅房与诗人高谈禅义。看似平常，实则已饱含了对禅师的景仰与赞叹。乞食是很辛苦的，但岳禅师全不以为苦，从容而回。这点从"高论此中闲"可看出。而一"闲"字，更见禅师禅法高妙。虽侃侃而谈，却依旧心如止水。颔联进一步明写禅师高德。出家已多年，一直保持着精进，犹如阶前树，不断增长，永远向上。江上青山，不会因阴晴雨雾而改变，师之禅心犹如青山，不再随外缘转动。颈尾二联只写平常事，不论玄妙道。透过稀疏的竹帘，看着风舞回雪；幽深的庭院内，梅花半开，红白相映；天晚了送自己出来，此时晚钟悠扬，直入云间。一切平常，却处处是道。因为本就无一处不是道。

题金山寺

[唐] 许 棠

四面波涛匝，中楼日月邻。

上穷如出世①，下瞰忽惊神。

刹碍长空鸟，船通外国人。

房房皆叠石，风扫永无尘。

注释

①出世：含义颇多。第一、诸佛为救济众生而出现于世。第二、跳出世间不再受生死。第三、超出世间以修净行。此处含有第二、第三义。

赏析

　　首联"四面波涛匝，中楼日月邻"，从横向的广阔写到竖向的高耸，全面介绍了金山寺的周围环境与突出特点。金山处在江心，四面波涛翻滚，将山匝在中间。寺内高楼耸入云天，与日月相邻，当比"手可摘星辰"（李白《夜宿山寺》）更高。"上穷如出世，下瞰忽惊神"，登临中楼，向上仰望，顿觉出世，向下俯瞰，忽被惊神。此联形象的突出楼高水阔。"刹碍长空鸟，船通外国人"，塔顶金刹，阻碍了鸟的飞行，江中楼船，通达外国他邦。空间的大气与一个王朝的大气，交错在这一联，汇成极大的开阔，体现出佛法的广大。尾联"房房皆叠石，风扫永无尘"收归寺院这个主题。叠石而成的寺院，在江风长年的吹拂中，纤尘不染。隐喻寺僧在佛法清净风的吹沐中，心地洁净，也是同样的"纤尘不染"。

题景玄禅师院

[唐]　刘得仁

古僧精进①者，师复是谁流？
道贵行无我②，禅难说到头。
汲泉羸鹤立，拥褐老猿愁。

曾住深山院，何如此院幽？

注释

①精进：又叫作勤，即努力向善向上，勇猛修善法，断恶法之心作用。

②无我：有漏之果报中，无我之实体。"我"的意义是常一之体，有主宰之用者。有二无我：人无我、法无我。人身为五蕴之假和合，无常一之我体，故人无我；法为因缘而生，无常一之我体，故法无我。

赏析

首联"古僧精进者，师复是谁流"将景玄禅师比作古代精进修行的高僧大德。颔联"道贵行无我，禅难说到头"是阐述诗人自己所理解到的禅师境界。修道就是破除二种我执：人我执、法我执，达到"无我"的境界。禅不是言语思维可以到达，"言语道断，心行处灭"，所以是"禅难说到头"。但禅也不离文字。颈联又从禅师的日常生活方面来刻画。泉边汲水，白鹤安立身边。拥衣静坐，老猿自来护法。这都反映出禅师境界高远，慈悲广布。诗人也曾经到过深山孤院，但却不如此院幽静。这个并不处在山深林密之所的禅院之所以幽静无比，全因禅师清净无我的道行。所以"曾住深山院，何如此院幽"也是以境写人，凸显禅师的禅行功高。心境一源的思想，在此又得到了体现。

题开元寺①

[唐] 朱庆馀

西入山门十里程，粉墙书字甚分明。
萧帝②坏陵深虎迹，广师③遗院闭松声。

长廊画剥僧形影，石壁尘昏客姓名。

何必更将空色遣，眼前人事是浮生。

注释

①开元寺：唐玄宗于开元二十六年（738），敕令各郡建立开元寺，作为官方之寺院。此处究指何处开元寺，不得详知。

②萧帝：梁武帝萧衍，一生笃信佛教。

③广师：广德大师，历唐玄宗、肃宗、代宗三朝，被尊为"三朝国师"。

赏析

诗人写这首诗时，正是唐武宗灭佛之后，开元寺遭到了严重的破坏，昔日繁华已去。首联是一个远景。诗人在还离寺十里的地方，就远远望见了寺院白墙上的寺名。但一切已不同往昔：没了车水马龙，有的只是衰草颓垣。这使诗人想到了梁武帝，如今坏陵满虎迹；想到了一代大师广德国师，如今他的遗院为松涛掩蔽。这两句，更多的是一种佛教衰败的意象表示。颈联进一步以特写镜头来刻画古寺的沧桑沉浮。长廊上的壁画剥落斑驳，画上的僧人形象也模糊不清了。石壁上游客题写的诗句与姓名，早已混沌难认。面对这样的凄凉和沉浮，诗人不禁感叹了一声"何必更将空色遣，眼前人事是浮生"。全诗格调低沉哀婉，写尽无常，寄寓了诗人自心厌离尘世的强烈感受。

题凌云寺

[唐]　司空曙

春山古寺绕沧波，石磴盘空鸟道过。

百丈金身①开翠壁，万龛灯焰隔烟萝。

云生客到侵衣湿，花落僧禅覆地多。

不与方袍②同结社，下归尘世竟如何？

注释

①金身：佛身。《法华经·安乐品》曰："诸佛身金色，百福相庄严。"
②方袍：比丘所着之三种袈裟，皆为方形，谓之方袍。

赏析

　　因乐山大佛竣工庆典，诗人写了这首诗。首联描写凌云寺为江水围绕，气象开阔，地势雄峻。因乐山大佛独特的地理环境，上下之路只能是石径盘旋而上。人在其中就像飞鸟一样腾云以上，御风而行。此时"上有无尽青天，下腾不羁怒水，万丈悬崖临身，千里狂风扑面，拾阶而上，策杖以下，心惊魄动，神颠魂摇。惟大佛金身稳坐，净心无尘，背依一山翠壁，面临万龛灯焰。烟萝不隔虔敬真心，险危难阻登临壮志。于是鲜花多供，彩素覆地举足香；远客常来，云雾湿衣一身轻"。面对此情此景，诗人却决定要下归尘世。此中道理也是十分深妙。常住青山，固然是有助自心澄清，但是若离尘世，终非圆觉。佛法是不离世间的，修行也必须经过红尘的磨砺方得大果。而悟者更是不分别尘世与青山，所以就要高喝一声"下归尘世竟如何"了。

题麦积山天堂

［五代］　王仁裕

蹑尽悬空万仞梯，等闲身共白云齐。

檐前下视群山小，堂上平分落日低。
绝顶路危人少到，古岩松健鹤频栖。
天边为要留名姓，拂石殷勤身自题。

赏析

麦积山天堂位于万菩萨堂之上。诗人在本诗的序中写道："自此室之上，有一龛，谓之天堂。空中倚一独梯，至此万中无一人敢登者。仁裕独登之。乃题诗于天堂西壁。"由此可见天堂所处之高，登涉之险。诗人"蹑尽悬空万仞梯"，终登绝高处，白云围绕在身边，感觉真是身在"天堂"。极目远眺，但见群山形小，感觉落日也低于自身所处的天堂。但不是人人都能欣赏到这番不同凡响的景致，因为"绝顶路危人少到"，也好比最上乘义极少有人当下了悟。这个地方只有松树挺健，白鹤常来。尾联诗人好像变俗了，硬要在这里题个"到此一游"，以为纪念，于是就努力将石壁擦干净，亲自题诗一首。其实诗人一生好参禅悟道，不至于这样俗，他只是借此说道而已。要想达到最高境界，领会无上一乘妙义，只有依靠自己的努力，没人能替之完成。佛陀只是导师，不能替众生开悟成佛。众生只有自己努力，才能感应佛力加持。

题破山寺① 后禅院

[唐] 常 建

清晨入古寺，初日照高林②。
曲径通幽处，禅房花木深。
山光悦鸟性，潭影空人心。
万籁此都寂，但余钟磬音。

①破山寺：江苏常熟虞山北麓，始建于南朝齐时。唐咸通九年（868），御赐"兴福禅寺"额，遂成江南名刹。

②高林：对丛林的称赞。丛林，僧众聚居之寺院，尤指禅宗寺院。

赏析

这是唐朝最为著名的题寺诗。首联非常精辟地破题而入，以"清""古""高"三字将一处古刹道场传神地勾出，也表达了自己的倾慕之情。颔联是传世绝唱，千古名句。不但精准地再现了诗人穿过弯曲的小路，来到花木深掩后禅房的全部过程，也引出了"曲径通幽"这个重要的概念。无论是文章还是园林，都将之奉为圭臬。颈联全然是禅心流露。大自然的美好景色使同具佛性的小鸟也十分愉悦。清澈的潭水与其中的倒影，令诗人体会到自性本来清净，只是妄想执着不能证得，从而失去常乐我净的大利益。如果心如此潭，放下执着，不起波浪，则空性自得，清净立现，能照万物。尾联将禅悟推向更高境界。表面上是暗用"蝉噪林愈静"的手法，凸显禅房的宁静，但更深的用意是表示所谓寂者，并非无声，也不是有声，于悟者而言，有声无声都是寂，也是非寂，没有可以执着的。

题僧壁

[唐] 李商隐

舍生求道有前踪，乞脑剜身结愿重。
大去便应欺粟颗，小来兼可隐针锋。

蚌胎①未满思新桂，琥珀②初成忆旧松。

若信贝多真实语，三生同听一楼钟。

注释

①蚌胎：珍珠在蚌胎中成长。《吕氏春秋》云："月望则蚌蛤实，群阴盈；月晦则蚌蛤虚，群阴亏。"

②琥珀：上古松柏树脂的化石。

赏析

首联含义深远，彰显大乘菩萨精神。《因果经》云："菩萨昔以头目脑髓施于人，为求无上正真之道。"诗人对这样的献身精神极为欣赏与钦佩。颔联紧接上义，以"小大无碍"来作代表，表述佛法的玄妙究竟。大容小一般都能理解，但小中能容大，则只有精通佛法才能领会。小大无碍的思想，佛经中多有论述或提及，如《大般涅槃经》云"诸佛其身姝大，所坐之处如一针锋，多众围绕，不想障碍"。颈联以两个譬喻讲述修行的时间问题。诗人是认为修行要经过很长的时间，累劫而成。好比蚌胎一次一次地在月满时成长，又好比琥珀，经历数千年几度炼化而成。尾联承接颈联之义，指出三世的观点。也只有信奉三世，才能相信累劫修行这样的描述。

题僧房

[唐] 王昌龄

棕榈①花满院，苔藓入闲房。

彼此名言②绝，空中闻异香。

①棕榈：长绿乔木，花黄色，雌雄异株，木材可以制器具。通称棕树。

②名言：名目与言句。皆依相而立，相无体性，故名言亦假立而无实。世间由于妄执，以名言为实，谓名字即实物，而分别假名言所成之相。

赏析

"棕榈花满院，苔藓入闲房"二句，给禅院作了幅传神的速写。热闹明媚的棕榈花开满了庭院，生机勃勃，新鲜夺目。寂静阴幽的苔藓随意散布在台阶上，一直伸展入僧房。一动一静，勾勒出禅院无边宁静，但又充满生机。眼前景色，很容易使人想起禅宗的名句：青青翠竹，尽是法身；郁郁黄花，无非般若。"境寂尘妄灭"（韦应物语），这样的清境，自然让诗人深有感悟。"彼此名言绝，空中闻异香"正是自悟的境界。他与院僧对坐无语，沉浸在深深的禅悦中。此时所有的名言都是羁绊，也是多余。只是这样默默，一切具足。正此时，空中顿起幽渺清新的异香，入禅的境界得到了天人赞叹。此二句也暗含了须菩提尊者静默禅定，帝释天抛洒如雨香花，赞叹尊者以无言善说般若的公案。并以此来表达了诗人的法喜充满。

题僧明惠房

［唐］秦 系

檐前朝暮雨添花，八十真僧饭一麻①。

入定几时将出定，不知巢燕污袈裟。

注释

①一麻：一麻一米之略称。世尊苦行时，每日仅食一麻一米。

赏析

　　此诗赞叹了一位苦行高僧。首句写禅房外的景色。"檐前朝暮雨添花"，檐前的无边丝雨不停的淅沥而下，打残春花，缤纷满地。这是真实景色的描摹，也是赞叹僧人的高行。佛典中常有天女散花，赞叹供养高僧的记载。然后诗人进入了僧房，看到了一位年过八十的老僧，安坐寂然。这位老僧，学习佛陀的苦行，日常所食仅一麻一米，的确不愧"真僧"二字，不愧门前落花缤纷。"入定几时将出定，不知巢燕污袈裟"写老僧定力深厚，一定长久，不知何时出定。燕子已经在他的袈裟上筑了个巢，他也不知道。五代末的永明寿禅师也有类似的经历。他曾于天台山天柱峰下习定九旬，鸟就在他衣裓里筑了个巢。全诗寥寥数笔，将一位全心修行的高僧清晰地勾勒出来。史载诗人淡泊名利，常隐深山，在松下结庐而居，布衣蔬食，与诗中的老僧气息相通。

题山僧院

[唐]　张　乔

溪路曾来日，年多与旧同。
地寒松影里，僧老磬声中。
远水清风落，闲云别院通。
心源若无碍，何必更论空。

诗人是再次来到这个山僧院。穿过山谷中的小路，看见了孤深的僧院。虽然已经过了很多年，但此处一切依旧。颔联"地寒松影里，僧老磬声中"具体描写诗人进入僧院后的所见人物。松树挺拔高大，投影地上，显得格外寒冷。多年不来，山僧已经在清越的磬声中老去。一个"老"字与首联再来之意呼应，可谓巧妙。诗人的眼光又从近景跳到了远景，"远水清风落，闲云别院通"，闲静悠然之情跃然而出。这份宁静美丽，亲切自然，是天地的造化，也是诗人自己心境的外现。在这样的景色影响下，诗人将自己的感悟以一句"心源若无碍，何必更论空"表达了出来。心源无碍是真空，论空的目的就是要使心源达到无碍。空不是空空如也，而是不见相，不着相。若不着相，只此"谿路曾来日，年多与旧同。地寒松影里，僧老磬声中。远水清风落，闲云别院通"就是空。如别要再求个什么空，早就将空也坐实钝煞了。

题山寺僧房

[唐] 岑 参

窗影摇群木，墙阴戴一峰。
野炉风自爇①，山碓②水能舂。
勤学翻知误，为官好欲慵。
高僧暝不见，月出但闻钟。

①爇：点燃；焚烧。

②碓：舂米工具，用来去掉糙米的皮。

　　本诗从写景入手。首联由内而外，由近及远，先写禅院。院内树影婆娑，斑驳窗上，一峰远来，隔过院墙看去，好像是戴了顶帽子。"摇"与"戴"二字将整个场面写得充满人情。好像这窗、木、墙、峰皆有了活意，暗符"无情有性"的妙义。"野炉风自爇，山碓水能舂"写出了寺僧无事闲的生活，有道勤修行的风光。炉火借着晚风越烧越热，水流推动石碓将米舂好。僧人在这做饭舂米的基本生活中，悠然自得，又处处用功修心，将基本生活演绎得禅趣淋漓。面对这样的悠闲自在，诗人顿时厌倦官场，并对以前的勤学世书也进行了否定。"知误""欲懒"即是真实写照。夜色已浓，还是没有见到寺里的主持高僧，但他的精神影响无处不在，好比清凉的月光千江遍洒，又好比悠扬的钟声十方普闻。这样的境界，令诗人更是流连忘返。

题万道人禅房

[唐]　张　祜

何处凿禅壁，西南江上峰。
残阳过远水，落叶满疏钟。
世事静中去，道心尘外逢。
欲知情不动，床下虎留踪。

　　万道人在"西南江上峰"凿了个小禅室，大概是要学达摩大师面壁安禅。从禅室望去，风景绝美。残阳在远处缓缓沉下，最后的余晖洒入长河，澄明生光。在悠扬清疏的钟声里，落叶飞舞，随声翩翩。"落叶满疏钟"，实在是描写钟声的佳句，是"以虚境作实境，灵活幽幻，无理而有趣者也"（黄生《唐诗摘抄》）。禅室的环境可以说是幽静寂寥，无以复加了。在这样的环境里，道人面壁静坐，遵循"先歇诸缘，休息万事。善与不善、世出世间，一切诸法并皆放却，莫记、莫忆、莫缘、莫念。放舍身心，全令自在。心如木石，口无所辩，心无所行"的方法，渐渐达到了"心地若空，慧日自现，如云开日出"（百丈怀海语）的境界。这就是"世事静中去，道心尘外逢"。而道人的禅定功深，也可以通过尾联的"欲知情不动，床下虎留踪"来进一步确定。

题西林壁

[宋] 苏 轼

横看成岭侧成峰，远近高低各不同。
不识庐山真面目，只缘身在此山中。

赏析

这是流传最广的名诗之一。此诗首先是描写庐山风景的绝好佳作。诗人对庐山是熟悉透了：横看、侧视、远眺、近观、高瞻、俯瞰，诸峰造化皆入胸中。但诗人总有遗憾，总觉得没有能认清山的真面目。然后，他又恍然大悟：自己身在山中，又怎么能识得庐山的真面目。此诗流传广泛，更重要的是饱含哲理。一般大家引申出的意思大概就是"当局者迷，旁观者清"。但此诗更有极深禅理。黄庭坚赞此诗："此老于般若横说竖说，了无剩语。非其笔端有舌，亦安能吐此不传之妙?"

"横看成岭侧成峰，远近高低各不同"讲的是山随观察的条件改变，呈现的样子就不同了。这是譬喻真如能生万有，随缘不变。虽随缘生万有，山还只是这个山，不曾有丝毫变动，譬喻真如不变随缘。"庐山真面目"即是诸法实相，即是众生本来面目。这个面目如何识得？放下妄想执着就是。"只缘身在此山中"，还有身见，山见，在见，自然摸不着自家鼻孔。并不是说"身在此山外"就能识得真面目。如果这么认为更是离题万里：此座自性清净山，遍法界一切处，如何能到得山外？只是因为有种种见，有种种执着妄想，所以日日在山内，不见真面目。且道如何是"庐山真面目"？"泉细石根飞不尽，云蒙山脚出无穷"（永明寿禅师）。

题西溪① 无相院②

[宋] 张 先

积水涵虚上下清，几家门静岸痕平。
浮萍破处见山影，小艇归时闻草声。
入郭僧寻尘里去，过桥人似鉴中行。
已凭暂雨添秋色，莫放修芦碍月生。

注释

①西溪：湖州苕水，分东西二源，称东苕、西苕；西溪即西苕。
②无相院：即无相寺，位于浙江湖州西南黄於山。

赏析

首句从孟浩然《望洞庭湖赠张丞相》"八月湖水平，涵虚混太清"

130

中化出。点明了水光山色同一清虚，并且为下面围绕水来写景做了铺垫。"几家门静岸痕平"极写西溪安静无声，细波不泛。颔联转入细致的刻画。浮萍布满水面，水中难见山影，但忽有小鱼或小虾从水里游过，荡开了浮萍，露出一线水面，立刻将山影收摄。张先绰号"张三影"，从此处看，这一句也同得"影"之妙趣，不愧弄影大家。"小艇归时闻草声"，从静中忽出草声，更衬宁静。颈联契入诗题，写无相院中的僧人前去尘世化缘。而往来西溪桥上的人，就像在镜子中行走。尾联呼应"积水涵虚"，担心芦苇妨碍水中现月。这倒是有点禅意，水月与禅有不解之缘。

题宣州开元寺水阁阁下宛溪夹溪居人

[唐]　杜　牧

六朝①文物草连空，天淡云闲今古同。
鸟去鸟来山色里，人歌人哭水声中。
深秋帘幕千家雨，落日楼台一笛风。
惆怅无因见范蠡②，参差烟树五湖③东。

注释

①六朝：吴、东晋、宋、齐、梁、陈。

②范蠡：春秋越国大臣，辅助越王勾践复国，后全身而退，隐居太湖。

③五湖：太湖，因由隔湖、洮湖、射湖、贵湖及太湖组成，故又名五湖。

　　诗的前三联描写诗人登阁所见,景中含情,写尽无常。繁华一时的六朝,如今文物尽去,唯剩衰草连天,这真是"亡国去如鸿"(杜牧《题宣州开元寺》)。地上是如此的沧海桑田,而天上却依旧"天淡云闲",千古无变。强烈的对比,在颔联中继续。鸟忙来去,山却一静千年。平淡的流水,不管人的喜怒哀乐,日日东去。人世无常与天道悠悠的感觉顿上心头。但在这无尽的变化后,诗人直觉到有亘古不变的存在。颈联是两幅绝对相反的画面,诗人在这里一起拈出,显然不是他当时所见,而是他思想的体现。秋雨绵绵与落日笛风,虽然大不相同,却都是天地之间的变化。从天地虚空来看,秋雨落日,没有绝对的对立。而所有变化,当体即是不变。虽然有所领会,但诗人还是无法摆脱尘世的纠缠,学范蠡泛舟五湖。所以只好发出"惆怅无因见范蠡,参差烟树五湖东"的千古一叹。

题义公禅房

[唐] 孟浩然

义公①习禅寂②,结宇依空林。
户外一峰秀,阶前众壑深。
夕阳连雨足,空翠落庭阴。
看取莲花③净,方知不染④心。

注释

①义公:大禹寺高僧,事迹不详。

②禅寂：修禅以寂静念虑。《维摩经·方便品》曰："一心禅寂，摄诸乱意。"

③莲花：因其出污泥而不染，佛教以之代表清净。印度共有四种莲花，即优钵罗花、拘物头花、波头摩花、芬陀利花，亦即青黄赤白四种颜色的莲花。通常所说的莲花，是指芬陀利花。

④不染：不染着世间尘欲之法。

赏析

　　诗人通过本诗深情盛赞了义公和尚的清净梵行，也寄托了自己的隐逸情怀。首联描写禅房建在人迹罕至的山林，自然逸出"深林人不知"（王维语）的空寂。复以"户外一峰秀"与"阶前众壑深"的远近交叠，尽显此处之气象清宏，山景雄秀。而"夕阳连雨足，空翠落庭阴"进一步将对山院清幽的描写推向极致。日暮时，骤雨初歇，禅院静寂，四周林木滴雨未尽，远处空翠的山影静静地投映院中，阴幽空灵，清新醉人。这样的幽寂清净之景，也正是禅师空明道心的体现。正如尾联"看取莲花净，应知不染心"所言，义公和尚的禅心如同"出污泥而不染"的莲花一样，纤尘不染。全诗由景清写到心净，构思巧妙，意境高远，动人心魄。

题云师山房

[唐]　权德舆

云公兰若深山里，月明松殿微风起。
试问空门清净心，莲花不著秋潭水。

　　首句直白交代，毫无雕饰，与所要表达的主题非常相契，都是平淡安宁。诗的第二句并不具体描述山深如何，而是用"月明松殿微风起"营造出身在深山的感受，让读者立刻心随文入，身临其境。这样的效果比直接形容山如何深，夜如何静，更加强烈明显。"试问空门清净心，莲花不著秋潭水"，写出此诗的主题，将清净心比作不著秋水的莲花。《金刚经》云："诸菩萨摩诃萨应如是生清净心，不应住色生心，不应住声、香、味、触、法生心。"从此看，清净心就是无执着之心。不住于色声香味触法，不是说没有了这六尘，而是指不执着于这六尘。不执着即是清净。如莲花出水不染水，但不是没水。如果没水，莲花也没了。生死即涅槃，烦恼即菩提。生死涅槃，烦恼菩提，其体性是一个。故六祖慧能云："佛法在世间，不离世间觉。离世觅菩提，恰如求兔角。"

题赠吴门①邕上人

[唐]　皇甫曾

春山唯一室，独坐草萋萋。
身寂②心成道，花闲鸟自啼。
细泉松径里，返景竹林西。
晚与门人③别，依依出虎溪。

注释

①吴门：今苏州市。

②身寂：身寂静。谓舍家恩爱及众缘务，闲居静处，远离愦闹，身诸恶行一切不作。脱离一切之烦恼叫作寂，杜绝一切之苦患叫作静，寂静即涅槃的道理。

③门人：此处指邕上人的门徒。

赏析

禅室藏在春山深处，别无人家。萋萋春草中，上人已深入禅定，宴坐时久。"身寂心成道"一句表明上人已身心双寂，脱离烦恼，杜绝苦患。文中虽只提了"身寂"，但既已"心成道"，则必是成就了心寂静。到此地步，花开鸟啼，不再会使上人心有所触动，染着其中，所以可谓是"闲"，是"自"人闲歇看花闲歇，心自在听鸟自在。"细泉松径里，返景竹林西"纯粹写景。但有了以上的体悟，自然这山水也就别具风味。这个风味就是无风味。日暮来临，诗人也要回去了。与门人道别后，在禅师的相送下，来到了"虎溪"。此处"虎溪"只是比喻，用来以远公比拟邕上人，以表达景仰之心。而禅师虽深入禅定，却不妨有迎有送，两者无碍。

题战岛僧居

[唐]　杜荀鹤

师爱无尘地，江心岛上居。
接船求化惯，登陆赴斋疏。
载土春栽树，抛生日喂鱼。
入云萧帝寺①，毕竟欲何如。

◆注释◆

①萧帝寺：泛指梁武帝萧衍所建的寺庙，以及高阁大殿的大丛林。

◆赏析◆

居住江心岛上，原本也是很平常的一件事。但和僧人追求超尘离俗的志趣结合起来，就有了几分不平常的清净洒脱。颔、颈联具体描写僧人在江岛上的修行生活。僧人极少主动泛舟登岸，乞食赴斋，习惯于向偶来不多的施主略化钱粮，以维持最简单的生活。从此可以看出僧人们少欲知足的品格。到了春天僧人会以船载土，运到岛上以便载树。平常也以省下的粮食布施给江中的游鱼。从此可以看出僧人也很热爱生活，并且慈悲仁爱遍及众生。本来修行就不是学枯木冷石，而是充满生气地对待每件事，每个生命。只要心不染着就是行道。寥寥数句，使对僧人的刻画深刻许多，也充满了赞扬之情。尾联以"萧帝寺"泛指名寺大庙，从而提出诗人的观点：寺不在大小，有真心办道的僧人最重要。有了真正修道的人，才称得上是清净阿兰若。

题昭州山寺常寂上人水阁

［唐］ 曹 松

常寂①常居常寂里，年年月月是空空。
阶前未放岩根断，屋下长教海眼通。
本为入来寻佛窟，不期行处踏龙宫。
他时忆着堪图画，一朵云山二水中。

①常寂：没有生灭叫作常，没有烦恼叫作寂。

赏析

"常寂常居常寂里，年年月月是空空"，常寂上人常居于常寂水阁，长年安禅，深悟诸法性空，居者是空，居处也是空。"常寂"又是无生灭烦恼的意思，所以这一联又是赞叹上人修行功深。"阶前未放岩根断，屋下长教海眼通"是对水阁的具体描写。水阁四面临水，只有一条小径，通向岸边。阁下流水东西，直通大海。诗人本是来寻找"佛窟"，没想到寺里有这样的一处佳地，好像来到了水晶龙宫。"不期"二字，表达了诗人惊讶赞叹的心情。"他时忆着堪图画，一朵云山二水中"，结尾已遥想未来，进一步描写水阁的山水绝景。一种完全沉醉在水阁平静幽美的祥宁缓缓升起。

题竹溪禅院

［唐］　李　洞

溪边山一色，水拥竹千竿。
鸟触翠微湿，人居酷暑寒。
风摇瓶影碎，沙陷履痕端。
爽极青崖树，平流绿峡滩。
闲来披衲数，涨后卷经看。
三境①通禅寂，嚣尘染著难。

①三境：又名三类境，即性境、独影境、带质境。

赏析

首二句交代禅院的宏观环境。"溪边山一色，水拥竹千竿"，表现出山水秀美，竹林清幽，禅意天景隐约而现。"鸟触翠微湿，人居酷暑寒"是更为细腻的描写。小鸟轻触翠微竹海，羽毛好像立刻被打湿了，"青翠欲滴"得到了形象的展示。人在这样的环境中，哪里还感觉到酷暑的流火灼人，反而倒是觉得有点寒冷。诗人静坐溪边，看着瓶中的山色倒影，忽然清风袭来，吹碎了清晰的影子。于是诗人站起来，信步走上岸，细沙中留下了清晰的脚印。站在高处，眼界开阔，但见树生青崖，迎风清爽，水流绿峡，滩平岩峭。由此，他又想到了禅师"闲来披衲数，涨后卷经看"的日常生活。而诗人也于最后提出了自己对清净生活的看法。所谓清净应是三境全通禅寂，一体清净，无尘可染，不是有尘不染，这就是"佛性常清净，何处有尘埃"之义。

天竺寺送坚上人归庐山

[唐]　白居易

锡杖登高寺，香炉①忆旧峰。

偶来舟不系，忽去鸟无踪。

岂要留离偈，宁劳动别容。

与师俱是梦，梦里暂相逢。

①香炉：庐山香炉峰。

赏析

首联写坚上人锡杖摇曳，登临高寺，突然回忆起庐山的香炉峰，萌生了归意。超然如上人者，来也就如不系之舟，随流至此。现在要去了，也如鸟过长空，没有踪迹可寻。颔联通过描写上人来去的随缘自在，将上人的整体风采全部刻画出。从此也可看出上人禅修的境界很高。这样的心境，诗人也深受感染，略有所悟，所以是"岂要留离偈，宁劳动别容"。因为"一切有为法，如梦幻泡影"（《金刚经》），"是身如梦，为虚妄见"（《维摩经》），人是梦中人，师是梦中师，聚是梦中聚，别是梦中别。如不知是梦，那定是要"留离偈"，"动别容"的了，"黯然销魂者，唯别而已矣"（江淹《别赋》）。但诗人与上人已知只是一梦而已，自然是不为所动，去留随意了，不会搞得"儿女共沾巾"（王勃《送杜少府之任蜀州》）。

听嘉陵江①水声寄深上人

［唐］ 韦应物

凿崖泄奔湍，称古神禹②迹。

夜喧山门店，独宿不安席。

水性自云静，石中本无声。

如何两相激，雷转空山惊？

贻之道门旧，了此物我情。

注释

①嘉陵江：纵贯秦巴山地与蜀中盆地，两岸风光雄秀，为三秦和蜀地的重要通道。

②神禹：大禹。古代著名治水英雄，接受尧的禅让，继承帝位，创建夏王朝。

赏析

"凿崖泄奔湍，称古神禹迹"，描写嘉陵江两岸险峻陡峭，犹如刀劈斧凿而成。这不由使诗人想到了大禹治水的丰功伟绩，此处可能也是当时的遗迹。当晚诗人留宿在江边，但轰鸣的江水使人难以入眠。于是诗人就此开始了一番思索。"水性自云静，石中本无声。如何两相激，雷转空山惊"就是他思考的问题，而答案也在其中。一切有为法都是由众缘和合而生起的。水性虽静，石虽无声，二缘和合则声生。诗人进一步从此入手，进行空观，了知缘起则性空，空性无生灭，故当不被生灭法转，直契真如。最后诗人将此番悟解，寄书深上人，以"了此物我情"一句表明自己于物我无所挂碍。全诗从写山水景色入手，于常人习以为常处下手，讲出一番自悟境界，通体行文，天衣无缝。

听僧吹芦管①

［唐］ 薛涛

晚蝉呜咽暮莺愁，言语殷勤十指头。
罢阅梵书聊一弄，散随金磬泥清秋。

①芦管：一种乐器，截芦为之，形如觱篥。

赏析

此诗通过描写一位僧人吹奏芦管，音声曼妙，营造了清宁悠远的禅境。首句"晚蝉呜咽暮莺愁"是用比喻的手法，写出乐声哀婉凄楚。次句"言语殷勤十指头"，称赞僧人精通音律，音乐语言丰富，吹奏技巧高明。至此具体描写音乐与吹奏结束，接下来通过音色以外的刻画，侧面烘托出整体的境界。"罢阅梵书聊一弄，散随金磬泥清秋"，僧人只是在研修佛典的闲余时间吹芦以乐。更重要的是，虽然音声哀戚，却与寺中悠扬清畅的磬声，相互融合，共同庄严兰若。蝉咽莺愁，并不与金磬清音相矛盾。因为一切声皆由心作，僧人心地清净，则奏任何曲，都是清净音。如果心不清净，就算是击鼓敲钟，出音依旧浑浊。后两句包含了这样的意思，自然使全诗意境出俗，禅音清凉。

同崔峒补阙慈恩寺避暑

［唐］　卢　纶

寺凉高树合，卧石绿阴中。
伴鹤惭仙侣，依僧学老翁。
鱼沉荷叶露，鸟散竹林风。
始悟尘居者，应将火宅①同。

注释

①火宅：法华七喻之一。

慈恩寺隐藏在群林高树之下，在炎热的夏天，散发出诱人的清凉。诗人此时正舒适地躺在绿荫覆盖的石条上，消遥自在。猛地觉得此时如果有白鹤相伴，那这份悠闲，恐怕连神仙也没法比，因为自己跟随寺里的高僧学习佛法，犹如老翁，有了几分看破世事的清净。这份心悟，已超越还大有执着的神仙。颈联便以景色，来表达自己的心境。平静的水面遍布香远益清的荷花，荷叶上滚动着露珠，鱼在水里自在的漫游。风吹过竹林，传出悦耳的清音，一群自由的鸟飞出来，四散而去。全部都是自然、宁静、祥和，如同诗人的禅心，全体现成，一派天光。尾联直接切入自己的思想，一方面是认为尘居如处火宅，无处为安，表达了自己愿意出离的迫切心情。另一方面也可以理解为应该将火宅般的尘居与现在的寺院清凉生活统一起来，而不分别执着。只要心清净，哪里都是净土，因为"随其心净则国土净"（《维摩经》）。

同皇甫冉赴官，留别灵一上人

［唐］ 李嘉祐

法许庐山远，诗传休上人①。
独归双树②宿③，静与百花亲。
对物虽留兴，观空已悟身。
能令折腰客，遥赏竹房春。

①休上人：南朝刘宋名僧惠休，善诗，与鲍照齐名。

②双树：娑罗双树之略称，佛入灭之处。

③宿：此处谓树下坐。

首联以远公之高行和惠休之诗才盛赞灵一上人融会禅诗，俱臻妙境。"独归双树宿"记载上人梵行清净，依教而行，只在树下休息。史称上人"摄持净戒，恒栖树下"。尤其是一个"独"字更是突显出他迥然出尘的高风亮节。远离繁华的独居并不寂寞，因为常可与百花对语。花虽为无情物，但也是真如显现，具足法性。上人虽然触物有诗，但绝不会被物转心，沾缚堕有。同时能对物留兴，也看出上人亦不堕空。因为真正的悟者是即空而有，即有而空，于毕竟空中生无边妙用。

这样的大禅者自是令诗人佩服折腰，于天涯之远也能通过上人的诗作，欣赏到他住处的春意天趣，还有禅心梵行。

同皇甫侍御题惟一上人房

[唐] 李 端

焚香居一室，尽日见空林。

得道①轻年暮，安禅爱夜深。

东西皆是梦，存没②岂关心。

唯羡诸童子，持经在竹阴。

①得道：三乘各断惑证理之智慧，名为道；行三学而发此智云得道。《法华经·方便品》曰："修行得道。"

143

②存没：生死。

　　全诗从上人的禅房写起。上人长年在室中焚香用功，不染世事。闲时静坐，看林黄林绿。颔联明确写上人已证得大道，所以像年暮这样使人惆怅不已的时节，不能使他有丝毫的心动。世人常发忧愁的深夜，也正好是上人安禅修行的好时间。因为他"心无起灭，对境寂然"（大珠慧海禅师《顿悟入道要门论》）。进一步讲，不但年暮夜深了无挂碍，就是更使世人牵挂的名利奔波也如梦幻泡影，早已放下。既然如此，烦恼已离，生死也得出离，自然存没不关心了。诗人见此，对上人生起了极大的敬慕，同时也对隐迹深山，诵经参禅的佛门生活充满了向往之情，所以说"唯羡诸童子，持经在竹阴"。无奈多少尘事，自己还不能放下，只有羡慕的份了。

同曼叔游菩提寺

　　　　　［宋］　韩　维

高城如破崖，寺带乔木古。
禅房掩清昼，佛画剥寒雨。
荒池野蔓合，浊水佳莲吐。
萧条联骑游，淡薄对僧语。
秋风日夕好，胜事从此数。

赏析

　　首联从远处观察菩提寺。"高城"形容寺院很大，远看像城。"如破崖"是以高峻山崖比拟寺院处在极高之所。"寺带乔木古",寺里的乔木年岁很长了,衬出寺院是"深山古寺"。第二联是走入寺院后的近观。僧人心如止水,在禅房里宴坐安禅,所以白天也掩着门。壁上的佛画因为风雨侵蚀,又年久失修,也已剥落稀疏。于是在宁静的空间中,又加入了沧桑的时间,形成了立体的感觉。颈联写的是寺中庭院景色。一池浊水,长满了荒草,却有"佳莲"从中突出,显得格外悦目赏心。这里当然也含有惯常的"出污泥而不染"的含义。诗人是与朋友一起来的,所以是"萧条联骑游"。但在一片静谧中,诗人突然遇到一个僧人,于是就"淡薄"地聊了几句。此处"淡薄"正是诗人当时已与环境融合,清净中带几分失落的心境体现。只到结束旅程,诗人见到日照秋风,清爽闲雅,顿时一扫抑郁,愉悦地说了句"胜事从此数"。此诗语言朴实,情思淡薄隽永,细细品来,回味无穷。

同苗发慈恩寺避暑

[唐] 李 端

追凉寻宝刹①,畏日望璇题②。
卧草同鸳侣,临池似虎溪。
树闲人迹外,山晚鸟行西。
若问无心③法,莲花隔淤泥。

注释

①宝刹:佛土的尊称,又为佛寺的美称。
②璇题:精美装饰的椽头。此处指佛寺。
③无心:指离妄念之真心。非谓无心识,而是远离凡圣、粗妙、善

恶、美丑、大小等之分别情识，处于不执着、不滞碍之自由境界。《宗镜录》卷八十三云："若不起妄心，则能顺觉。所以云，无心是道。"

赏析

在炎热的夏天，诗人与好友为了避日觅凉，直奔佛寺而来。"追""寻""望"三字形象地体现了人们畏暑趋凉的神情。到了慈恩寺后，两人在临池的草地树荫下，舒适地躺着乘凉。"鸳侣"是突出二人友谊深厚。虎溪一喻，体现出慈恩寺是一个高僧辈出，佛法昌盛的著名圣地。颈联为诗人看到的寺景。人迹罕至之处，绿树在微风吹拂中，显得格外悠闲。夕阳斜下，倦鸟投林，很有"山气日夕佳，飞鸟相与还"的意境。这也间接表现了诗人恬淡适意的心境。尾联将诗引入佛法。"无心法"指使心离开妄念的方法。什么是"无心法"呢？诗人的答案是如莲花那样不离淤泥，不染淤泥。就是说要不离世间，不染世间。

同族侄评事黯游昌禅师山池（其一）

［唐］ 李 白

远公①爱康乐②，为我开禅关③。
萧然松石下，何异清凉山④。
花将色不染，水与心俱闲。
一坐度小劫⑤，观空⑥天地间。

注释

①远公：慧远法师，东晋人，住持庐山东林寺，为当时佛教领袖。结白莲社，乃净土宗初祖。

146

②康乐：东晋诗人谢灵运。

③禅关：禅法之关门。

④清凉山：山西省东北部的五台山。佛教四大名山之一，文殊菩萨道场。

⑤小劫：根据《大毗婆沙论》，一千六百八十万年为一小劫。

⑥观空：观照诸法之空相。

赏析

首句将昌禅师比作东晋高僧慧远法师，表示了自己对禅师的推崇和赞叹。"为我开禅关"是指禅师教诗人如何禅定以开启禅门。后六句全是讲诗人于禅定中体悟。在幽寂的松石下静坐，杂念渐少，顿觉清凉，犹如身在清凉山文殊道场。佛法讲"相由心生，境随心转"，只要心地清凉，则处处皆是清凉圣境。从此可见李白深得意趣。"花将色不染，水与心俱闲"二句不入常规，不以己拟物，而以物拟己。山花如同自己的身形一样，不染一尘；流水虽动，但却动而闲逸，犹如自己的心，虽然觉性长存，但却不攀外缘，清净澄明，能照万物而不被万物迷惑。"一坐度小劫"是表示自己深入禅定，很长时间过去了，也只是觉如弹指一刹那。经中也常有这样的记述。如《法华经》云："教菩萨法，佛所护念，六十小劫不起于座；时会听者亦坐一处，六十小劫身心不动，听佛所说，谓如食顷。""观空天地间"是诗人禅定的目的。《涅槃经》云"观一切法，本性皆空"。如能证得空性，则为解脱。

退隐诗

［宋］ 赵　抃

野外长江溪外山，卷帘空旷水云间。
高斋有问如何答？清夜安眠白昼闲。

赏析

　　此诗描写了诗人退隐后的生活。一二句对居处环境作了刻画。"野外长江溪外山"，长江壮阔，就在居处不远的地方，而小溪青山正将庭院围绕。卷起竹帘，空旷的江水闲云立刻奔入眼界。有远有近，有雄有秀，有静有动，可谓善写风景。第三句设问自己的生活。回答就是"清夜安眠白昼闲"，一个"无事于心，无心于事"闲道人的形象。"万法本闲人自闹，奈何纷争有与无"，诗人会得万法闲义，心与万法一体同闲，身也是睡时睡，吃时吃。这是真闲，真退隐。多有"身闲心不闲"的，自寻烦恼，不解青山绿水逍遥义，妄求虚名浮利沾缚索。相比之下，赵高斋可谓高明，当得"清献"之谥。

晚过盘石寺礼郑和尚

［唐］ 岑　参

暂诣高僧话，来寻野寺孤。
岸花藏水碓，溪竹映风炉①。

顶上巢新鹊，衣中带旧珠。

谈禅未得去，辍棹且踟蹰。

注释

①风炉：煮茶的器具。《茶经》云："风炉，以铜铁铸之，如古鼎形。"

赏析

首联以一"暂"字，说明诗人是忙里偷闲，特来拜访高僧郑和尚，并且要向他讨教佛法。寺院在远离喧嚣的野外，诗人坐船而访，看见岸边芦花中掩藏着舂米用的石碓，竹林中煮茶的风炉正冒着水汽，绕溪而散，目的地到了。此处所写之舂米的碓与煮茶的风炉皆是与禅门大有因缘的物什。六祖能大师初到黄梅就任职舂米，而茶也是禅堂常备之物，赵州从谂禅师还有"吃茶去"的著名公案。颈联是全诗精义所在，记述郑和尚的禅修境界。"顶上巢新鹊"是指郑和尚禅定功深。这样的事确实是有的。永明寿禅师曾于天台山天柱峰下习定九旬，鸟在他衣祴里筑了个巢。郑和尚如此的禅定功夫，究竟成果怎样呢？"衣中带旧珠"回答了这个问题，表明和尚已深知明珠本有。经中常将真如佛性比作本有之明珠，历来禅匠以明珠为喻所作的偈颂极多。如宋朝茶陵郁和尚著名的开悟诗云："我有明珠一颗，久被尘劳关锁，而今尘尽光生，照破山河万朵。"与如此高僧论禅话道，自然是"辍棹且踟蹰"，恋恋不舍的了。

王道充送水仙花五十枝

[宋]　黄庭坚

凌波仙子生尘袜，水上轻盈步微月。
是谁招此断肠魂，种作寒花寄愁绝。
含香体素欲倾城，山矾是弟梅是兄。
坐对真成被花恼，出门一笑大江横。

赏析

　　水仙有"凌波仙子"的雅称即出自此诗的首句。"凌波仙子生尘袜，水上轻盈步微月"，取神写花，化物为人，幻静成动，把水仙写成了翩然起舞的洛神。曹子建《洛神赋》："凌波微步，罗袜生尘。"首联从此中化出，又更添傲兀纤妍。月色朦胧中，凌波仙子着袜轻舞，好像是爱情不遂的洛神断肠魂，化作寒花，哀寄愁伤。"含香体素欲倾城"，人花双关，进一步极写水仙皓质天香，佳妙无俦。正当大家都沉浸在这番清灵秀婉，哀转动魂时，诗人忽地来了句"山矾是弟梅是兄"，加入了两个男性化角色，冲淡了前面的凄美，细柔中添入粗放，使诗境变化多端，姿态横生。结句"坐对真成被花恼，出门一笑大江横"更是恣意纵横，境界顿生，非诗文宗师不能为。水仙花美，但若执着其上，则反被它恼。这个恼也是自己恼，实在是不干花事。于是还要自己解脱，来个断然舍下，立刻眼界广阔，大江扑面。不过，若直于此花中见得十方微尘界，三世恒沙佛，岂不更为通透？何必转身出门才"一笑大江横"。

望牛头寺

[唐] 杜 甫

牛头见鹤林^①，梯迳绕幽深。

春色浮山外，天河宿殿阴。

传灯^②无白日，布地有黄金^③。

休作狂歌老，回看不住心。

注释

①鹤林：鹤林禅师（668—752）。又，僧园亦称为鹤林。

②传灯：传法于他人，称为传灯，因为法能破暗，故以灯喻之。

③布地有黄金：典出须达长者以金布地，买只陀之园林，以建祇园精舍奉佛。

赏析

此诗是杜甫往牛头山拜访鹤林禅师后，下山回望的记述。诗人拜见禅师后，首先感觉到禅机深玄高妙，犹如上山来的山径，盘旋曲折，穿云绕雾，难见真面目。待得诗人更上一层楼，顿觉所要寻者，原来睹面就是。浮动在远山的春色，晚上的银河，无一不是。至此诗人法喜充满，禅悦遍布。接着就又感叹传灯不是易事，但因怜悯众生长处黑夜，故而广运慈悲，于世间遍布远比黄金尊贵的佛法。理解到此，诗人对佛法与鹤林禅师充满了尊敬和感激之情，但也不执着于此，所以说"回看不住心"。从此可看出杜甫于佛法确有所得，领会《金刚经》"应无所住而生其心"的义理。从他一生虽困苦不堪，但始终"哀而不伤"的境界来看，他的确是从佛法中得到了收益。

文殊院避暑

[唐] 李群玉

赤日黄埃满世间，松声入耳即心闲。
愿寻五百仙人①去，一世清凉住雪山。

注释

①五百仙人：原指五百位外道之高德，此处当为借称五百阿罗汉。

赏析

首句"赤日黄埃满世间"，极其形象地描写了盛夏炎热。"赤日炎炎似火烧"（《水浒传》），从视觉上写夏日的酷热难耐。与"赤"色相呼应，诗人又用一个"黄"字，写出尘土弥漫，这一干旱日久的景象，进一步烘托了烦热感受。"松声入耳即心闲"，诗人尚未进入寺院，就感受到了清凉气息。寺外的松林，鼓起无涯松涛，扇出九天寒风，凉爽之声顿洗诗人一身热尘。寺外已是如此阴凉，寺内当更为清幽。但诗人不再用笔墨于此，而是转写自己对清凉佛界的向往。"愿寻五百仙人去，一世清凉住雪山"，寺内塑有五百阿罗汉像，给了诗人很大的启示。他的眼里，这已不是单纯的塑像，而是能带领他去向清凉雪山的导师。这是他心中厌离尘世，愿获解脱的反映。全诗不落俗套，别开生面，具有一种恢宏的气度。

问黄蘗长老^①疾

［宋］　苏　辙

四大俱非五蕴^②空，身心河岳尽消熔。
病根何处容他住，日夜还将药石攻。

注释

①黄蘗长老：黄蘗唯胜，黄龙宗著名禅师。
②五蕴：色、受、想、行、识。色属有形物质，受想行识属心的
作用。

赏析

人身由五蕴构成。五蕴尚是自性空，何况由五蕴生成的人身？不但
人身，山河大地也皆是缘生无自性。所以说"身心河岳尽消熔"。既然
如此，疾病也是无处可住。如此，岂不病来不须治了？若真这样，那是
错会空义了。病来就得"日夜还将药石攻"。这与饥来吃饭困来眠是一
样的道理。药石不碍空性。如果有病不能用药石攻，则空不彻底，不知
药石也空，正好来个"空对空"。但这个意思也不可执着。有病不用药
石，也不见得就一定不对。要有个一定"是"或"非"，则即是执着，
难契真如。要一定没个"是"或"非"，也是执着，难契真如。如何能
契真如？且把这个要契的心歇下，自是不契而契。若还有个"契"在，
只怕年年花开，不关汝事。要是有个"没有'契'"在又如何？萤火
烧尽须弥山，依旧身是梦里人。

问正上人疾

［唐］　皇甫冉

医王①犹有疾，妙理竞难穷。
饵药应随病，观身转悟空。
地闲花欲雨，窗冷竹生风。
几日东林去，门人待远公。

注释

①医王：佛陀。《涅槃经》五曰："成等正觉，为大医王。"

赏析

经中记载世尊也示现患疾。《大般涅槃经》中世尊云："诸善男子，自修其心，慎莫放逸。我今背疾，举体皆痛，我今欲卧，如彼小儿及常患者。"此中自是有着极深妙的道理。"诸法因缘生，诸法因缘灭"，过去种下了因，因缘成熟时必定果报现前。世尊示现疾病，一是要以身说法，警示世人有因必有果；二是告诉世人"诸行无常"，如来应身亦有灭时。诗人起首以"医王犹有疾"来安慰好友，也是间接警策好友要如理作观，以佛法来对待疾病。颔联是充满禅机的一联。身本性空，观身也是证悟空性的方法。证悟了空性后，觉知"平常心是道"，则"饥时便吃，困来即眠"，那自是"病来吃药"了。颈联忽转为写景，看似突兀，实则以景入禅。"地闲花欲雨，窗冷竹生风"，如是如是。尾联祝愿上人早日康复，返回东林寺，接引有缘，普度众生。

无尽上人东林禅居

[唐] 李 颀

草堂每多暇，时谒山僧门。
所对但群木，终朝无一言。
我心爱流水，此地临清源。
含吐山上日，蔽亏松外村。
孤峰隔身世，百衲①老寒暄。
禅户积朝雪，花龛来暮猿。
顾余守耕稼，十载隐田园。
萝筱慰春汲，岩潭恣讨论。
泄云岂知限，至道②莫探元。
且愿启关锁③，于焉微尚存。

注释

①百衲：百衲衣，即僧衣。衲，补缀义；百衲，极言补缀之多。
②至道：真如实相。
③关锁：此处比喻闭塞自己，不与外界接触。

赏析

一开篇诗人就点出自己过着悠然的隐居生活，空暇有闲，能经常前去拜谒无尽禅师。在心有默契的好友处，没有虚伪应酬，只是率性而为，无言就无言，也不必没话找话。同时也反映禅悟离言。在相对默坐时，诗人完全与大自然融为一体。清冷的山泉洗净心尘，隔离了村舍世俗的远峰上升起太阳，又慢慢地落下。山居无人，只和穿着百衲的僧人嘘寒问暖，猿猴不时前来戏耍，增添了几分生气。接下来的四句，诗人将描写的对象转向了自己的十年隐居生活。十年里日出而作，日落而息，耕读自怡，宠辱偕忘。最后四句是叙理议论，表述诗人自己心中所悟。漂泊无定的白云，没有固定的形式和踪迹。至道也是如此，无处不在，无形不现，因而也就没有一个固定的处所与形态。任何有限的都不是至道，但也不离开至道，"全妄归真，全事即理"，所以不可执着地追求一个所谓的至道之源，至道无源，处处皆源。原来对于这个隐居还有些许执着，觉悟到这样的道理，就开启关锁，不再执着隐居的生活。当然也不执着于"不执着隐居生活"。隐就隐，不隐就不隐，一切随缘。

无言亭

[宋]　苏　轼

殷勤稽首①维摩诘②，敢问如何是法门？
弹指未终千偈了，向人还道本无言。

注释

①稽首：以头着地之礼。
②维摩诘：华译为净名，佛世时著名居士，相传是金粟如来的化身，自妙喜国化生在此世上，辅助释迦教化众生。

赏析

本诗紧扣诗题"无言"二字，引用维摩诘的公案，表达说而无说，无说而说的圆融妙义。诗人殷勤地向维摩诘大士稽首，请问什么是法门。维摩诘弹指未终，就说了千偈佛法。此处暗含一念之中见三世的无碍境界。说了千偈，然后又说"本无言"。世尊也有过这样的说法，《楞伽经卷三》云"我从某夜得最正觉，乃至某夜入般涅槃，于其中间乃至不说一字"。《五灯会元·世尊章》也记载道："世尊临入涅槃，文殊大士请佛再转法轮，世尊咄曰：'文殊！吾四十九年住世，未曾说一字。汝请吾再转法轮，是吾曾转法轮邪？'"这是因为真如本源，法之根本，不可言说。凡有说示，皆如"指头"之于"月亮"，是以指头指示此不可言说之真如，而非等于真如本身。但言说也不外于真如。如果悟得，指头月亮总一如；如果不悟，执月废指亦乖谬。

悟禅①三首寄胡果（其一）

［唐］ 元　稹

近闻胡隐士，潜认得心王②。
不恨百年促，翻悲③万劫长。
有修终有限，无事亦无殃。
慎莫通方便，应机不顿忘。

注释

①悟禅：参悟禅理。

②心王：万法都是从心中生出来的，心就是万法之王，故称心王。

③悲：恻隐他人之苦而欲救济之之心。《大乘义章》十一曰："爱怜名慈，恻怆曰悲。"又曰："慈能与乐，悲能拔苦。"

赏析

前四句是直接写胡果豁然开悟，认得了万法本源，真如实相。悟后的胡隐士对于生死已没有迎拒之心，所以是"不恨百年促"，但因众生万劫不肯翻然回头，拾取自家珍宝，所以生出了极大的悲心。诗的后四句是写诗人自己的体会。究竟道果，得无所得，修无所修。如果还有能修所修，自然是未到究竟，故云"有修终有限"。《华严经》云"心佛众生，三无差别"，众生与佛只是迷误不同，清净本源只是一个，具足一切功德智慧。"狂心不歇，歇即菩提"（《楞严经》），无事自然无殃。就怕狂心寻事，作茧自缚。最后两句是提出的警告。对于帮助开悟成就的种种方便，不能有一点执着胶粘，一旦明悟，就要顿忘弃舍。如果执着于方便法门，则就是渡河负筏，又添烦恼。尘世烦恼固然要舍，帮助舍弃烦恼的法，到舍烦恼后，也要舍。但有不舍，即成黏滞，难契真如。

悟禅三首寄胡果（其二）

[唐] 元 稹

百年都几日，何事苦嚣然。
晚岁倦为学，闲心易到禅。
病宜多宴坐，贫似少攀缘①。
自笑无名字，因名自在天②。

>> 注释 <<

①攀缘：攀取缘虑之意。凡夫由于以妄想缘取三界诸法，故乃产生种种烦恼。

②自在天：又名摩醯首罗天，是色界十八天中之最高天。此处当不是指此天王，而是自在到极致的意思。

158

首联是对人生无常的感悟，和因此引发的对争名夺利等嚣然之事的厌倦。颔联写自己老了，对于"为学"已厌倦，原因是体悟到了学是不能到禅的，只有闲才易到。"为学日益，为道日损。损之又损，以归于无"（《老子》），学只能增添更多的粘缚，而要得道，就得以闲歇为利器，减去那些粘缚。颈联是双关语。明着写宴坐有利于治病，而贫穷是因为不去攀援经营。但此处的病还指烦恼妄想，宴坐又是表示寂静，所以此句还可解为身心寂静，能去除烦恼妄想。此处的贫还指因为"少攀援"，心中的烦恼少了，犹如世人钱少了。末后两句，可看出诗人对自己的禅悟十分自信。禅门宗匠皆是大自信之大丈夫。六祖见五祖，劈头就说"只求作佛"，绝对的自信溢于言表。这种自信来源于对"自性是佛"的领悟和肯定。

悟道偈

[五代] 张 拙

光明寂照遍河沙，凡圣含灵共我家。
一念不生全体现，六根①才动被云遮。
断除烦恼重增病，趣向真如亦是邪。
随顺世缘无挂碍，涅槃②生死等空花。

①六根：眼、耳、鼻、舌、身、意。
②涅槃：译为灭度、寂灭、圆寂、大寂定等，是超越时空的真如境

界，也是不生不灭的意思。

首联的意思是清净自性在静寂中发出无边光明，照彻河沙世界。凡圣含灵都从此自性流出，只是一家人。颔联讲一念不生，前后际断时，真心自体全体呈现。而六根才躁动攀援，执取外境，自性即被烦恼遮蔽，失去朗照的妙用，反而生出生死轮回。颈联进一步指出本源自性本就净裸裸赤洒洒，纤尘不立，无凡可弃，无圣可得，断除烦恼只因执着有烦恼可断，如此已是病上加病。如果执着有真如可趣向，就与真如背道而驰，步入邪见。尾联点出禅者只是任性随缘，坦荡无碍，既无生死可了，也无涅槃可求。因为生死涅槃也都如空花般虚幻不实。《圆觉经·普眼章》："始知众生本来成佛，涅槃生死犹如昨梦。"又如龙牙智才禅师说："涅槃生死，尽是空花。佛及众生，并为增语。"然此诗也不可执。本无烦恼不妨断烦恼，本来是佛不妨历劫修证，涅槃如梦不妨弃生死而求之，大作梦中佛事。

悟道偈

[宋] 富 弼

万木千花欲向荣，卧龙犹未出沧溟。
彤云彩雾呈嘉瑞，依旧南山一色青。

这诗可与杨亿的"八角磨盘空里走，金毛狮子变作狗。拟欲将身北斗藏，须应合掌南辰后"对比来看看。字面意思很简单，就是白描景色。杨亿的诗是全然与常人见识颠倒，而此诗却都是眼前现成景色。这两个悟道偈是不是一个意思？就是一个意思。这个意思就是没意思。大道在平常处，也在最不平常处，但也不在平常处，也不在最不平常处。若有个见解，以为在或不在，早就"一行白鹭上青天"，离题万里。定要离了这些个想法，当下肯认，管它在不在，平常不平常。在就在，不在就不在，干卿底事？只管自己站稳脚跟，莫受杨亿富弼惑乱。此处如何领会？杨亿作偈我赞叹，富弼呈文句句删。两诗共有七八字，举火烧尽不说禅。

夏日题悟空上人院

[唐] 杜荀鹤

三伏闭门披一衲，兼无松竹荫房廊。
安禅未必须山水，灭却心头火自凉。

赏析

悟空上人的禅院环境不同一般的禅院，没有松竹遮荫，直接在太阳下暴晒。上人怎样避暑呢？他没有遁入深山，而是闭门披衲，静坐安禅。因为炎热不在心外。心外无法，而心内的法也是了不可得。明白这个道理，本在心中的炎热也就了不可得，自然是"安禅未必须山水"了。但这诗只是就悟空上人的作略而谈，也不可执着。不必入山，也不妨入山。"无佛处莫停留，有佛处急走过"，"两边不立，中道不存"，不可执着于不入山，也不可执着于入山。入也好，不入也好。连这个都好也不可执着。扫地扫到扫帚没了，才略有相应。这个略有相应，怎么解？是继续拿起扫帚扫，还是不再扫？才要开口，便得吃棒。不开口，也吃棒。如何能不被打呢？但有此一念，打死不冤枉。

戏赠灵澈①上人

[唐] 吕 温

僧家亦有芳春兴，自是禅心②无滞境③。
君看池水湛然时，何曾不受花枝影。

注释

①灵澈：中唐著名诗僧，字源澄，尝与僧皎然游。
②禅心：寂定的心。
③滞境：执着粘滞在境上。

赏析

首句从表面现象入手，表示灵澈上人对美好的景致，与普通人一样也有很高的兴致。但上人还有与众不同的一面。那就是虽有这份"芳春兴"，却不执着于美好的景色，也不执着于所发的兴致，对于这样的不执着也不执着，这就是"自是禅心无滞境"。上人契悟真如，禅心澄澈，这样的澄澈之心自然有活活泼泼，照天照地的妙用。禅者的境界绝不是枯木寒岩。"君看池水湛然时，何曾不受花枝影"正是禅心妙用的写照。一尘不染的清净心，不是无知无觉的死东西。若成了无知无觉，则不是学佛，而是学木石了。"无事于心，无心于事"，不是没有事，而是不执着事，犹如鸟过长空无遗迹，雁渡寒塘不留影。正是心境湛然时，才能真正地认识事物。所以说上人的芳春兴那才是真正的芳春兴。

峡山飞来寺

[宋]　向敏中

峡山①地胜安禅处，万仞危楼压要津。
世上岂知名利事，浪中空笑往来人。
倚门怪石狂遮面，入座寒云碎绕身。
日暮西风懒回首，满林幽鸟语声频。

注释

①峡山：又名观亭山，在今广东清远市城北。

赏析

首联总写山寺地形，真个是楼宇高耸，临流雄踞，山势峻峭，气派非凡。此处却正是安禅的好地方。颔联从写景转入议论。身处这样的超凡出格之地，早将世上的名利忘了，剩下的只有对奔波名利"往来人"的怜悯一笑。"往来人"从《史记·货殖列传序》"天下熙熙，皆为利来；天下攘攘，皆为利往"化出。颈联又回到写景。"倚门怪石狂遮面，入座寒云碎绕身"，怪石遮面，寒云绕身，已是难见真面目，又兼"狂""碎"，更是体现出世人因名利遮掩，很难认识到佛法的真义。这也是诗人的一点惋惜之情。尾联写到了诗人自己。"日暮西风懒回首，满林幽鸟语声频"，他是非常想就此长伴日暮西风，与满林幽鸟共游，但还是必须回到纷繁的尘世，虽然"懒回首"，还是不得不回首。这里也透出些且不管明天事，今天决定是要不回首，放心一乐了。

163

下第后病中

［唐］ 陆 畅

献玉①频年命未通，穷秋成病悟真空②。
笑看朝市趋名者，不病那知在病中。

注释

①献玉：卞和献玉。春秋时，楚人卞和于荆山得一璞玉，献给楚厉王、武王，皆未被赏识，反遭去足之刑。文王继位，方得申冤。文王使玉工剖璞，得宝玉"和氏璧"。

②真空：非空之空，叫作真空，是大乘至极之空。

赏析

首句以卞和献玉，屡遭拒绝，备受打击的典故，来极写自己才华不能为当道者所识，以至于命运多舛，闻达无望。而此时已到深秋，萧瑟的秋景更显出诗人的百般无聊，穷蹙困厄。郁郁寡欢的心情，使身体也受到严重的打击，终于"成病"。诸佛以八苦为师，这样的病苦，也同样促发了诗人亲近佛法，出离尘世，追求解脱的心志。在极大苦恼中，诗人顿悟真空，身心放下，法喜充满。回过头来，看看那些和自己原来那样奔波于像市场一样的朝廷的名利客，顿时发出超脱后的怡然微笑。其中没有一丝的鄙意，有的只是无尽安然，与对趋名者的慈悲怜悯。怜悯他们终日身在妄想执着的大病中而不自知。同时也庆幸自己因病知"病"，从而契入自在。全诗以忧愁苦恼的心病起笔，以大病得愈的安乐自在结束，转折起伏，给人深刻启发。

夏日登慈恩寺

[唐] 刘 沧

金界①时来一访僧，天香飘翠琐窗②凝。

碧池静照寒松影，清昼深悬古殿灯。

晚景风蝉催节候③，高空云鸟度轩层④。

尘机⑤消尽话玄理，暮磬出林疏韵澄。

注释

①金界：金色世界，文殊菩萨之净土名。此处指佛寺。

②琐窗：雕有连环图案的窗户。

③节候：节气时令。

④轩层：寺塔一层高出一层。

⑤尘机：尘世机心。

赏析

从第一句来看，诗人是常来寺里访僧问道的。今天为避暑，他又来到了慈恩寺。寺里香烟缭绕，散布树林，凝结在窗栏上，犹如天香一般使人闻之怡悦。清冷的松树，投影在碧池中，透出沁人心脾的凉意。佛前的长明灯昼夜不熄的点着，散发出能破愚痴晦暗的智慧光明。向晚日落，霞光入云，微风轻曳，令人顿除一日热恼。蝉在树上不时地鸣叫，催促秋季早来。鸟从云中落下，栖在大雁塔上，凌空超然。此时诗人已完全被眼前的景色感染，忘却了尘劳机心，与寺僧谈论起玄妙的佛理。到底玄理是什么？正是"暮磬出林疏韵澄"。这悠扬穿林而过的磬音，以它的清澄韵声说尽了玄理，并渐渐消逝，归于寂静。

夏日过青龙寺谒操禅师

［唐］ 王　维

龙钟一老翁，徐步谒禅宫。
欲问义心①义，遥知空病②空。
山河天眼③里，世界法身④中。
莫怪销炎热，能生大地风。

注释

①义心：谓犹豫不决之心。有迷事、迷理两种。迷事之疑，于见道时断之；迷理之疑，至佛果时始能断之。

②空病：执着于空。

③天眼：天人之眼，所观甚远，为五眼之一。天眼有两种：一从福报得来，如天人；二从苦修得来，如阿那律尊者。

④法身：指佛的自性真身，诸佛所证的真如法性之身。又称法身佛，或自性身、第一身。

赏析

本诗首写诗人自己老态龙钟、步履蹒跚地冒着炎热前往青龙寺拜谒操禅师。此行目的是要就一些疑问请教操禅师。路途的艰辛，反衬了诗人对佛法的虔诚。平静的叙述，让人感觉到这份虔诚没有了如火如荼的炽烈，却已深入诗人心中，与生命融为一体，沉稳而坚实。在拜谒操禅师后，疑问烟消云散。接着的两联表述了诗人豁然开朗后的体悟。"一毛孔容三千大千世界"，整个山河大地尽在天眼中也是寻常事。法身横遍十方，竖穷三际，世界岂能超出其外？若证此义，炎热也不是炎热，只是心生。不执炎热相，大地风自可骤然而起，销尽炎热，却也不见丝毫炎热得灭。全诗对仗极其工整，说理明晰，禅悟深刻，内容有收有放，体现了王维作诗和禅修的深厚功力。

夏日过青龙寺^①谒操禅师

［唐］ 裴 迪

安禅一室内，左右竹亭幽。
有法知不染，无言谁敢酬？
鸟飞争向夕，蝉噪已先秋。
烦暑自兹适，清凉何所求？

注释

①青龙寺：位于今陕西西安城南郊乐游原。唐代著名佛教密宗寺院，日本真言宗创始人空海亦于此寺修学密法，并在东塔院受传法阿阇梨位之灌顶。

赏析

诗人来到青龙寺，看见操禅师正在室内坐禅入定。万法由心生，所以在禅师的摄受下，禅室左右的竹林小亭，也显出一股幽寂。颔联是对禅师高远境界的刻画。操禅师以精进的修行，不再染着世间法。"无言"一句，暗用"维摩一默"的典故：文殊遵佛旨前去探望示疾的维摩诘，在谈论"不二法门"时，当文殊问到维摩诘，维摩诘默然无语。

此即是"维摩一默，其声如雷"。维摩诘是出名的难以酬答，诗人此处把禅师无言比作"维摩一默"，也显出难以酬答，从而体现禅师智慧广大，境界高远。那这境界怎样理解呢？"鸟飞争向夕，蝉噪已先秋"，全体呈现，无欠无余。悟得此意，自然是凉暑不二，能适的主体与所适的客体，也是不二，所以是适而无适，清凉自生。

夏日谒智远禅师

[唐]　孟郊

吾师当几祖，说法云无空①。
禅心三界②外，宴坐天地中。
院静鬼神去，身与草木同。
因知护王国，满钵盛毒龙。
抖擞尘埃衣，谒师见真宗。
何必千万劫，瞬息去樊笼。
盛夏火为日，一堂十月风。
不得为弟子，名姓挂儒宫。

注释

①无空：无空之可着，是名毕竟空。
②三界：欲界、色界、无色界。

赏析

　　首句以反问表达诗人对禅师的景仰之情。"说法云无空"是指禅师说法高妙究竟。"无空"指不执着"空"。须知缘起性空，诸法自性真空，了不可得；性空缘起，诸法假名妙有，宛然有相。不知真空，则堕执有；不知妙有，则堕执空。禅师说无空之究竟法，可谓深得"此法非实非虚"（《金刚经》）的原义，可谓善说法。"禅心三界外，宴坐天地中"是讲禅师虽身在此地，但心已超出三界火宅。因为心净，则此天地中就是殊胜净土。次四句写的是禅师安禅静坐，身如草木不动。禅院中寂静无声，仿佛连鬼神也都不愿打搅禅师而避开了。这样的修持境界，已足以降伏毒龙，利益国家众生。"抖擞尘埃衣，谒师见真宗"是诗人自己前去拜谒这位高僧。在高僧的指点下，诗人于"直指人心，见性成佛"的顿悟法门有所领会，知道本自具足，本来清净，所以去樊笼可在瞬息间达到，不一定要经历千万劫的渐修。既然本自具足，本来清净，那么身处炎夏，也可得一堂十月凉风。最后两句，诗人表达了因自己还有对尘世的留恋，不能成为禅师的弟子的遗憾。

小 醉

［宋］ 吴 可

小醉初醒过竹村，数家残雪拥篱根。
风前有恨梅千点，溪上无人月一痕。

赏析

在冬末春初的一个月夜，诗人"小醉初醒"后，带着愉悦的心情和略微的醉态，步行归家。途中路过一个村庄，四周围绕着竹林，篱笆上的雪还没有消尽。散布村中的还有傲寒的梅树。这时，他想起了赵师雄醉卧遇梅仙的故事。柳宗元《龙城录》："赵师雄迁罗浮，日暮，于松林酒肆旁见一美人，因与扣酒家共饮。师雄醉寝，比醒起视，乃在梅

169

花树下。"诗人惆怅自己不能像隋将赵师雄得遇梅仙，所以是"风前有恨梅千点"。但这样的惆怅很快就消逝了，因为"溪上无人月一痕"更大地打动了诗人似醉实醒的心。月净水清，更兼无人，这份宁静比与梅仙相遇，应是更加超凡脱俗。在这环境里，自己与仙人也差不多了。吴可此诗用典不露痕迹，"略无斧凿痕，字字皆有来历"（《宋诗纪事》），将典故与通篇意境契合为一，实为江西诗派的典型代表。

晓出定光寺

［宋］　毛　滂

晓出开霜阪，饥乌啄麦畦。
山腰余雪瘦，天面冷云低。
寒意梅花北，禅心柏子西。
窗前借残月，照我度前溪。

赏析

诗人于宋哲宗元符年间任武康县令，定光寺即在该县的响应山上。此诗是诗人夜宿寺中，晓归县城的纪实。"晓出开霜阪"，一夜清霜，使山坡一片莹白，诗人步出寺院，一路行来，留下一串行迹在霜阪。此句当是从温庭筠的"鸡声茅店月，人迹板桥霜"（《商山早行》）化来。"饥乌啄麦畦"，路边田中，饥饿了一冬乌鸦，翻拣着才露出的麦苗，啄食饱餐。这是巧妙地将春天已来的消息透露出来。回看响应山，积雪已经融化，只剩下阳光难到的山坳中，有些残雪，也正在逐渐"瘦"下去。但天还是有些冷，尤其在早上，故说"天面冷云低"。北方的梅花当时还未开放，如诗人自己的《阮溪沙》曰

170

"水北烟寒雪似梅，水南梅闹雪千堆"。"禅心柏子西"，是对柏树枝指西的描写，也是自己的一番禅悟。禅心何处不是？说个柏子西，也只是信手触目而已，没有什么别的意思。"窗前借残月，照我度前溪"回到主题。月残西天，溪横路前，诗人在这样的宁静平常中，当于禅心有更深的体悟。

辛夷①坞

[唐] 王 维

木末芙蓉花②，山中发红萼。
涧③户寂无人，纷纷开且落。

注释

①辛夷：木兰。落叶乔木，花大，外紫内白。
②芙蓉花：莲花。此处义谓辛夷犹如开在树上的莲花。
③涧：山间流水的沟。

赏析

在寂静无人的深涧中，辛夷花默默开放，又默默谢落。无生之喜，无灭之哀，纯然自足，不待人识。完全是诗人见性自足，任运自然地心境写照。释尊菩提树下证得无上正等正觉，第一句便指出"奇哉！奇哉！一切众生皆有如来智慧德相，只因妄想执着，不能证得"。自性本来一切具足，任他开也罢，落也罢，无人知也好，有人知也好，总不碍"知足常乐"。诗人通过禅修，已悟此理，通诗是自心亲切流露。更为高妙的是不用一点禅语佛句，却能将禅心淋漓地表达。短短二十字，将用千言万语无法表述清晰的禅境，极其简捷地全然展开，让每个读者都能随自己的体会，感觉到绝待自在，冷然超迈的寂乐心境，顿觉"身世两忘，万念皆寂"（明胡应麟《诗薮》）。本诗的确诗一首"以禅入诗"的绝佳之作。

新安①道中玩流水

[唐] 吴 融

一渠春水弄潺潺，密竹繁花掩映间。
看处便须终日住，算来争得此身闲。
萦纡似接迷春洞，清冷应连有雪山。
上却征车更回首，了然尘土不相关。

注释

①新安江：位于浙江杭州西南，是著名的风景区，有"人行明镜中，鸟度屏风里"之妙趣，以"风凉、雾奇、水清"三绝闻名，堪称"清凉世界"。

赏析

新安江的景色实在是迷人。诗人途经此地，不禁下车玩水，偷闲片刻。只见一渠春水，潺潺缓流，密密的竹林夹岸弄翠，更有繁华点缀其间，冷寂中显出春意盎然。此处已是禅意遍满了。"一叶一如来，一花一世界"，只这密竹繁华就是如来世界。诗人完全沉迷在景色中，最好终日住此看个够，但想到自己身在尘篱，"算来争得此身闲"，只好作罢。此时可以想见诗人一步步离开春水，心中却还在想：这萦纡而下，该是与曲折迷人的春洞相接；而从水的清冷来看，源头可能在雪山。就这样想着，诗人不得已坐上了征车，又回首流连眺望。这片春水净土真是个凡尘不到的地方。但以身住，终是难长久，唯以心住之，方才能永得清净。诗人也许也悟到了这个道理，将"了然尘土不相关"带入心中，而得日日相看终日住。

新昌新居书事四十韵
因寄元郎中张博士（部分）

［唐］ 白居易

大抵宗庄叟①，私心事竺乾②。
浮荣水划字，真谛火生莲。
梵部经十二③，玄书字五千④。
是非都付梦，语默不妨禅。

注释

①庄叟：庄子，道家代表人物，著有《庄子》。
②竺乾：印度，代指佛法。
③梵部经十二：佛教一切经教的内容分为十二类，叫作十二部经。
④玄书字五千：指《老子》，道家的根本经典。

赏析

这是首长诗，这里截取一部分，以窥全豹。本诗表达的是诗人自己的思想感悟。思想大体上崇尚庄子，也学习佛法。在诗人看来，浮世荣华，犹如水上划字，一划即逝，终归虚无。而佛法真理则是火中红莲，清净光明，永劫长存。所有的佛经，还有五千言《老子》，是指导人的方法。这些文字不可执着，但也不可抛弃，法界真如"不立文字"，也"不离文字"。是非对立只是因缘和合所生的有为法，如梦幻泡影一样，没有自性，转瞬即逝。离开种种相对不实之法，契入绝对无待的一真法界，则或语或默，皆合妙道，不妨禅心。但有对待，就不能与一真法界相应，就不得入不二法门。种种对待中，无待与有待也不对待，这是比较难理解与达到的，也就是不执着也不执着，空也空，是比较难达到的。但不悟达此理，终是难于真如相契，处处隔阂不圆融。

新年杂兴（其八）

［宋］ 李 光

负郭幽居一味清，残花寂寂水泠泠。
夜深宴坐无灯火，卷上疏帘月满庭。

赏析

新年春节是中国人最隆重热闹的节日。但是诗人却好像全然不知有这么回事。家家户户辞旧迎新之际，诗人幽居在背靠城郭的郊外，一味清闲。终日面对的是"残花寂寂"，听到的是"水泠泠"，无限清凉。晚上独自静坐，连灯也不点。坐起卷帘，看到月色清辉，冷落庭院。这月色既是天上的，也是诗人心中的光明。苏轼有首《上元夜访祥符僧可久房萧然无灯火》"门前歌舞斗分朋，一室清风冷欲冰。不把琉璃闲照佛，始知无尽本无灯"，于此诗境相通。看来诗人也是领会了那盏不待火点，本身就光满大千的"无尽灯"。只有心中有此光明，才将世间一切俱作梦中事，如此则过不过节，有没有灯，也就没什么区别。

杏 园

[唐] 元 稹

浩浩长安①车马尘，狂风吹送每年春。
门前本是虚空界②，何事栽花误世人？

注释

①长安：唐王朝的都城，在今陕西西安一带。

②虚空界：谓眼所见之大空。《中阿含经》三十六曰："譬如月无垢，游于虚空界。"

赏析

首句既写出了长安作为国际大都市的繁华与喧嚣，也表示此地实在是"红尘深处"。每年到了春天，大风送来怡人的春天，在这滚滚红尘中，给人一点新鲜空气。春来自然是催花开。长安的花是有名的，从一些诗句中也可见一斑："春风得意马蹄疾，一日看尽长安花"（孟郊《登第》），"花开花落二十日，一城之人皆若狂"（白居易《牡丹芳》）。花本是可爱之物，而诗人却于此大喝一声"门前本是虚空界，何事栽花误世人"，看来是有些煞风景了。仔细读读，原来诗人要呵斥的并非花，而是世人对载花和赏花的执着。花岂能误世人？人自误罢了。"酒不醉人人自醉"，只是自己执着，自己迷误而已。另一方面的意思是呵斥世人无事找事，于虚空界栽花，暗指人于本来清净处，起妄想执着，并因此造作种种无益之事。只要人由此一喝，从此认得虚空，不在花边迷失，照旧只管载空中之花，赏梦幻之美。想来诗人也不是叫人不栽花赏花，让个长安城变得无处寻芳。

学诗（其二）

［宋］ 吴　可

学诗浑似学参禅，头上安头不足传。
跳出少陵窠臼外，丈夫志气本冲天。

赏析

　　苏轼有名句云"暂借好诗消永夜，每逢佳处辄参禅"，引起了诗坛的一个以禅论诗的风气。吴可将自己以禅论诗的思想，写成诗，开创宋代以这样形式论诗的先河。"头上安头"，比喻将事情复杂化。《传灯录》曰："元安示众曰：'今有一事问汝等。若道是，即头上安头；若道不是，即斩头求活。'""跳出少陵窠臼外"，意指不被杜甫的艺术风格束缚。杜甫的诗绝对是学诗的人必须用心学习的，但犹如学佛最终连佛法也要"舍"一样，杜甫以及其他大诗人的风格手法最终也要"舍"。"丈夫志气本冲天"，大丈夫自性功德与佛尚无二无别，何况诗才？诗人此处鼓励学诗的人要有足够的信心。学佛参禅也要大信心。六祖慧能见五祖后，即言："只求作佛，不求其他。"此是真大丈夫，是真大信心。参禅学佛不就是为了做佛吗？多少人不敢承担，以至于一生错过。若真大丈夫，应于世尊"奇哉！奇哉！一切众生皆具如来智慧德相，但以妄想执着不能证得"语下，痛哭流涕，惭愧累劫懦弱，不能承担此事。然后当大奋起，直以成佛为己事，为如来子，做众生师，方不负如来出世本怀，不负自己本有灵性。

寻南溪常山道人隐居

[唐]　刘长卿

一路经行处，莓苔见屐①痕。
白云依静渚②，芳草闭闲门。
过雨看松色，随山到水源。
溪花与禅意，相对亦忘言。

注释

①屐：木头鞋。
②渚：水中间的小块陆地。

赏析

　　这是首访友不遇的记游诗。诗人一路行来，在路边的莓苔上发现了道人的屐痕。来到他隐居的地方，只看见白云近依着水中芳渚，春草掩蔽了久未开启的柴门，而道人并不在。此时诗人略有些惆怅，天也瞬息间改变，山雨急来。雨后天晴，诗人的心境也有了个升华，不再郁郁于前事，转为安心欣赏美景。雨后青松更翠，山溪也白浪微溅。此时一切都因诗人自心清净，也显出无尽禅意。自从释尊灵山拈花微笑，花与禅就结下不解之缘。诗人此处也是于流水落花处，似有所感，顿觉处处皆禅，禅悦充满。但得意忘言，竟也无语，正是"欲辨已忘言"了。通诗由寻友不遇，写到自己的禅悦，过渡恰当，行文自然，不愧"五言长城"之号。

177

遥碧亭

［宋］ 杨 杰

幽鸟无心去又还，迢迢湖水出东关。
暮云留恋飞不动，添得一重山外山。

赏析

首句从微小的"幽鸟"入手，而不是山水，已见诗人又是在写一首禅意诗。以一"幽"字写出此鸟的自由自在，无拘无束，与禅心相通。"去又还"，好像还有挂碍，实则是来去皆无碍，只有去没有来才是有挂碍。陶渊明有句"鸟倦飞而知还"，似乎有同样妙趣。"迢迢湖水出东关"，开始瞩目于水。写湖水，却以"迢迢"二字尽扩眼界，一直到看不见的水源东关，实中带虚，以虚通幽。然后写山，却也是不写实山，而写云山。"暮云留恋飞不动，添得一重山外山"，暮云凝重，停滞天边，构造出山外有山、山连天的景色。尤其是"留恋"二字，写活了无情之物，再次点出了上一首诗中表达的"无情有性，真如妙用"的思想。同时，也平添了许多情趣，使遥碧亭的风景浮在了湖山云鸟缥缈间。

夜闻风雨有感

［宋］ 张 耒

留滞招提未是归，卧闻秋雨响疏篱。

何当粗息漂萍恨，却诵僧窗听雨诗。

　　此诗当是受到了李商隐《夜雨寄北》的启发："君问归期未有期，巴山夜雨涨秋池。何当共剪西窗烛，却话巴山夜雨时。""留滞招提未是归"，诗人身滞寺院，这个并非自己真正归宿的地方。此时诗人的惆怅感可想而知。用他自己的话说就是"卧闻秋雨响疏篱"。秋雨、疏篱，淅沥滴答，声声皆动人愁魄。雨声是很能使人愁的。李清照《声声慢》曰："梧桐更兼细雨，到黄昏，点点滴滴。这次第，怎一个愁字了得。"诗人的愁情，通过雨声，表露无遗。在无限离愁中，诗人萌生了归依佛门的念头。"何当粗息浮萍恨，却诵僧窗听雨诗"，诗人希望早日结束犹如浮萍般的生活，能于佛法中找到栖息处，到时就可以从容吟诵听雨之诗。不再会像今日这般被雨困愁。

谒迪上人

［宋］　李　邴

　　数掾招提四面山，羡师终日掩柴关。
　　凭阑人语风烟上，乞食僧来紫翠间。
　　万木深藏云泱莽，一溪空锁月弯环。
　　十年不踏门前路，只遣松风送我还。

　　首联描写迪上人修行之处的环境。"数掾招提四面山，羡师终日掩柴关"，寺院处在群山的包围中，上人终日掩关修行，令诗人十分羡慕。这个"关"，是由青山古寺和上人的闲心共同组成的。颔联进一步刻画此处的静谧。"凭阑人语风烟上"，以人语上天来表达安静，"乞食僧来紫翠间"以僧影萧条来表现幽静。在这样的环境中，上人的修行当然是事半功倍。颈联"万木深藏云泱莽，一溪空锁月弯环"只写景。以清净安宁的景色，彰显出上人同样澄澈的心。万木云海是其广阔，空溪弯月是其明净。尾联再次写回上人的修行，以"十年不踏门前路"，表现出精进用功，不为世扰。也从"只遣松风送我还"看出一份世外的洒脱。

谒真谛①寺禅师

［唐］ 杜 甫

兰若山高处，烟霞嶂几重。
冻泉依细石，晴雪落长松。
问法看诗忘，观身向酒慵。
未能割妻子，卜宅②近前峰。

注释

①真谛：二谛之一，又名胜义谛、第一义谛。谛，谓真实不虚之理。真谛，即出世间之真理，与俗谛相对应。
②卜宅：选择居所。

赏析

首联写出真谛寺藏在云雾缭绕的高山峰顶。一来显出寺院的气象恢弘，高崖难近，暗喻佛法高妙，非泛泛之辈能入。二来也表达了自己对寺院，对佛法的景仰。颔联写途中所见景致。山泉已冻结，依着岩石静住，此是动中静；阳光下，白雪掩盖青松，时而滑落少许，飞扬飘舞，此诗是静中有动。诗人于此动静结合、交错重叠的描写，顿使景色活跃入眼，实在是写景的妙句。同时此处也表达了静中有动，动中有静，动静互依的辩证思想。诗与酒是诗人一生最爱，心神寄托之处，而诗人在拜谒禅师，听闻妙法后，竟能放下诗酒，实在是佛法无边，禅义高妙了。但诗人毕竟不能全然舍弃世事，所以又言"未能割妻子，卜宅近前峰"。此处也可看出诗人是非常真诚坦率的赤诚君子。不能割断情义，就照直说来，真是"直心"难得。《楞严经》云："十方如来，同一道故，出离生死，皆以直心。心言直故，如是乃至终始地位，中间永无诸委曲相。"所以本诗最为可赞的就是末后的"直心"。

颖悟偈

[宋] 杨 亿

八角磨盘空里走，金毛狮子变作狗。
拟欲将身北斗藏，直须合掌南辰后。

赏析

通诗是颠倒。但所谓的不颠倒只是人自己的执着。一真法界，没有颠倒，也没有不颠倒，连没有也没有。此属于华严四种法界中，事事无碍法界之相，开显为十玄门：同时具足相应门、广狭自在无碍门、一多相容不同门、诸法相即自在门、隐密显了俱成门、微细相容安立门、因陀罗网法界门、托事显法生解门、十世隔法异成门、主伴圆明具德门。离开一切执着，得无所离，圆融无碍，没有可能与不可能的对待，全体天然，非一非二。八角磨盘落水沉，金毛狮子不是狗。拟欲将身北斗藏，须应合掌北斗后。这与原诗无别。类似这样看似不可能，却的确是真语如语实语不狂语不异语的诗还有很多，如傅大士的"空手把锄头，步行骑水牛。人从桥上过，桥流水不流"，又如曹山本寂所作之"焰里寒冰结，杨花九月飞。泥牛吼水面，木马逐风嘶"。且道如何会？没有个开口处，却又尽大地是个嘴，日夜说不停。

咏　荷

[宋]　张商英

莲花荷叶共池中，花叶年年绿间红。
春水涟漪清彻底，一声啼鸟五更风。

赏析

这首先是首优美的咏荷诗。一池清水，花叶间杂，红绿相配，自然贴切。其次还是首禅诗。一池清水可喻清净自性，莲花为已悟者，荷叶为尚迷者。悟者迷者同处此清净大海中。悟者得其妙乐受用，迷者受其虚妄之苦。已悟者虽是莲花，却与荷叶池水无一丝隔阂，全体只是一个，尚迷者只管自己做荷叶，不识莲花清池妙义。再说个公案以增加点负担。智门光祚（云门宗著名禅师）因僧闻："莲花未出水时如何？"师曰："莲花。"曰："出水后如何？"曰："荷叶。"未悟时自有佛性天然在，故曰"莲花"；已悟后，心佛众生三无差别，花叶同体，故出水后是"荷叶"。

咏　声

[唐]　韦应物

万物自生听①，太空②恒寂寥③。

还从静中起，却向静中消。

注释

①听：名词，声音。

②太空：太虚空，谓浩浩宇宙之虚空。此虚空湛然常寂，毕竟无为无物。

③寂寥：寂静。

赏析

声音不是无缘自生或从外而来，是因缘假合而生。如两掌互击，则有声出。声音既然是因缘和合而生，自性本空，并非实有，只是假有，所以可说"太空恒寂寥"。此寂寥不属无声，也不属有声，亦是有声，亦是无声。后两句进一步说明声音是因缘所生法，所以有起必有灭。而以静比喻真如实相，因是无生法，不待因缘，所以如如不动，不生不灭。但这无生法不离生灭法。如果离生灭法才有无生法，则无生法与生灭法成了对峙，那么也就不是无生法了，因为无生法是绝待圆融的。修行的目的就是要证悟无生法，并发菩提心，度迷于生灭法的众生，但度尽众生不见一个众生被度。因为众生者，自性空。

咏石僧

［宋］ 汤思退

云作袈裟石作身，岩前独立几经春？
有人若问西来意①，默默无言总是真。

①西来意：初祖达摩自西天来此土传禅法，究竟意思如何？究此意
思者，即究佛祖之心印。

赏析

"云作袈裟石作身"，石雕的僧人，矗立高峰，终日云雾浸润，好
像穿上了云做的袈裟。"岩前独立几经春"，他独立岩前已经多春，时
光的流逝，更显出静住的沉稳大气。"有人若问西来意，默默无言总是
真"，有人来问什么是祖师西来的究竟意思，石僧总以"默默无言"为
答。领会的人自领会，不会的人自不会。诘问"祖师西来意"的公案
比比皆是，禅师的回答也是种种不同，如"庭前柏树子"、"坐久成
劳"、"砖头瓦片"、"三尺杖子破瓦盆"、"井底寒蟾、天中明月"、"看
取村歌社舞"。"默默无言"也是一种回答。这到底是什么意思？学人
若还有"这到底是什么意思"这一念，则是攀援禅师的回答，作言语
思维的推敲，早就"千山隔万重"。

游东林寺

[唐]　黄　滔

平生爱山水，下马虎溪时。
已到终嫌晚，重游预作期。
寺寒三伏雨，松偃数朝枝。
翻译①如曾见，白莲开旧池。

①翻译：慧远法师在寺内建有般若台，是著名的译经场所。

陶渊明《归园田居》云："少无适俗韵，性本爱丘山。误落尘网中，一去三十年。"可见山水是士大夫解脱尘网，暂得休憩的物质条件。而禅，就是精神依归处了。本诗作者也是酷爱山水的一员，第一句即直言"平生爱山水"。"下马虎溪时"，体现了他对佛门圣地的尊重。等到了山上，天色已晚，不便游赏逗留，所以只好准备重游。佛寺一向清凉，何况东林寺处在避暑胜地庐山，所以虽在三伏，一场山雨下来，也令人顿觉清寒。此处当还有心静自然凉的因素。从慧远大师建寺以来，数朝更迭，人物生灭，唯有寺内古松依旧静立风雨中。这一句将思路引向时间的长流，顺理成章地遥想起当年东林寺翻译佛经的盛况，故云"翻译如曾见"。最后一句"白莲开旧池"，将历史与现实结合起来，既表达了对慧远大师当时凿池种莲结社念佛的追慕，也表示当日芳规，可慰大师的一片慈悲心，至今犹存。

游杭州佛日山净慧寺

［宋］ 秦　观

五里乔松径，千年古道场①。
泉声与岚影，收拾入僧房。

注释

①道场：梵语菩提曼拏罗 Bodhiman! d! ala，谓佛成圣道之处。又得道之行法，谓为道场。又供养佛之处，谓为道场。又学道之处，谓为道场。又隋炀帝时以之为寺院名。又为法座之异名，如慈悲道场，水陆道场等。此处当含有供佛、学道、寺院三义。

赏析

首两句瞬间将读者带入一个幽静远僻的山中道场。"五里"与"千年"相对，构建了一个完整的清净时空。高大的乔松荫出一条幽深曲折通向净界的小径，有些神秘，却非常能吸引沉沦俗世的凡人。道场已历千年，人世间不知发生了多少兴亡成败，悲欢离合，但此佛门清净地未变、未动、未泯、未灭。诗人于此暗示这就是自己及众生的归处。"泉声与岚影，收拾入僧房"，更从细微处入手，具体描写道场的清净幽微。此处没有勾斗倾轧，没有熙攘计较，唯闻泉声玲珑，涤荡尽俗气；只见岚影氤氲，浸润出清骨。而寺僧得此佳地助道，也是"尘心幻灭净心寂，世事勘破佛事隆"。这首小诗，文笔清丽，意味隽永，虽二十字，却含纳古往今来人们追求清净出离的极大愿望。

游湖上昭庆寺①

[宋]　陈尧佐

湖边山影里，静景与僧分。
一榻坐临水，片心闲对云。
树寒时落叶，鸥散忽成群。
莫问红尘事，林间肯暂闻。

注释

①昭庆寺：又名菩提院，在杭州西湖。

赏析

　　首句交代了昭庆寺的地理环境。寺处在湖光山影里，是个绝好的去处。次句暗示自己前来游寺，并且表达了自己对这片风景的喜爱，要与僧人"对分"。颔颈二联具体写自己分得的景色。坐"一榻"临水观景，表示诗人准备在这待上一段时间，仔细品味悠然美景。"片心"是如冰似玉般的高洁之心，闲对的"云"是"无心以出岫"（陶渊明《归去来兮辞》）的山野清云。这样的心与云，真可谓知己难得了。诗人的闲情逸致也于此表露无遗。本着这样的心，认真地观察周围的"树寒时落叶，鸥散忽成群"，更是觉得物我合一，天然和谐。尾联笔锋转动，从眼前景色里跳出，直舒胸臆。"莫问红尘事，林间肯暂闻"，诗人不愿再过问红尘中事，连"暂闻"也不愿。看来昭庆寺的清凉景色的确打动了诗人的心，不但分享了景色，还分享了僧人超然物外的清净心。

游庐山宿栖贤寺①

[宋] 王安国

古屋萧萧卧不周，弊裘起坐兴绸缪②。
千山月午乾坤昼，一壑泉鸣风雨秋。
迹入尘中惭有累，心期物外欲何求。
明朝松路须惆怅，忍更无诗向此留。

注释

①栖贤寺：庐山五大丛林之一。南齐参军张希之创建。
②绸缪：束薪缠绕，修补户牖。出自《诗经》"迨天之未阴雨，彻彼桑土，绸缪牖户"。

赏析

首联直入诗题，围绕"宿栖贤寺"写出"古屋萧萧卧不周，弊裘起坐兴绸缪"。寺院年久失修，殿堂破败，诗人借宿其中，寝卧难周。既然睡不好，就索性坐起来，想着这寺院不知何日得缘重修。坐久也觉无聊，诗人就步出屋外，看看夜景。于是"千山月午乾坤昼，一壑泉鸣风雨秋"的声色风光扑面而来。如此世界天地，顿时将诗人心中的抑郁情愁涤荡干净。回想多年宦途，诗人不禁为自己的混迹尘泥而不能无累，感到些许惭愧。外物无可求。不求外物自能无累，心得安闲。诗人深明此理，故而感叹"心期物外欲何求"。这番悟境自然很好，但一想到明天还得继续入世，继续"迹入尘中"，不管有累无累，此时的惆怅在所难免。于是就得留诗一首作为纪念。

游清凉寺①

[唐] 唐彦谦

白云红树路纡萦，古殿长廊次第行。
南望水连桃叶渡，北来山枕石头城②。
一尘不到心源净，万有俱空眼界清。
竹院逢僧旧曾识，旋披禅衲为相迎。

注释

①清凉寺：在南京城西清凉山上，金陵名胜之一。

②石头城：清凉山后，南北全长约3000米，扼守长江险要，为兵家必争之地，有"石城虎踞"之称。

赏析

前四句写景。首联是寺景，颔联是寺周围的环境。秋风时节，白云红树绕路漫行，只见寺内古殿进进，长廊无尽，静幽深远。"南望水连桃叶渡，北来山枕石头城"，一是描写寺院的周边环境，二是写出世事纷扰。桃叶渡相传是王献之送别爱妾桃叶的地方；石头城是六朝金粉聚散地。写这样的两个地方，将人间的情仇爱恨，兴衰成败饱览无余。如何能解脱呢？"一尘不到心源净，万有俱空眼界清"是诗人的回答。只有悟达本来清净的心源，了解万有缘生自性空，不再被物境所扰，才能眼界清净，没有情仇爱恨兴衰成败的烦恼。尾联以叙述僧人披衲相迎为结束。既可看出诗人与寺僧的友好关系，也可看出诗人因亲近寺院佛法而流露出的喜悦。

游云际寺^①

［唐］ 喻 凫

涧壑吼风雷，香门^②绝顶开。
阁寒僧不下，钟定虎常来。
鸟啄林梢果，鼯^③跳竹里苔。
心源无一事，尘界拟休回。

注释

①云际寺：一名大定寺，在陕西户县云际山。
②香门：寺门。
③鼯：哺乳动物，外形像松鼠。

赏析

　　诗人还未到达寺院，先听见了涧水如雷轰鸣的吼叫。这先声夺人的"雷声"，犹如当头棒喝，诗人顿觉清凉。拾级而上，终于到了建在山顶的云际寺。颔联是对寺里潜心修道之僧人的赞叹。僧人一心用功，不问世事，足不下阁。此处"寒"是诗眼：一来突出山高，"高处不胜寒"（苏轼《水调歌头》）；二来表示僧人难忍能忍，不以寒冷为妨，安心修道。这样的修持，连猛虎也为之钦服，常来亲近寺僧。诗人在这样的环境里，在这样的高僧前，顿受感染，一时心净，猛然发现了别样的天趣"鸟啄林梢果，鼯跳竹里苔"。当此自然清净，直下承担，熄灭妄想，则心源无事，得大自在，如《菩提心论》曰"妄心若起，知而勿随。妄若息时，心源空寂。万德斯具，妙用无穷"。如果有这样的境界，自然是没有尘界可回了。不过诗人好像没能直接了事，因为他还有"尘界"，还"拟休回"。

游钟山①

[宋]　王安石

终日看山不厌山，买山终待老山间。
山花落尽山常在，山水空流山自闲。

注释

①钟山：位于南京东北郊。山、水、城、楼、林浑然一体，景色优美，气势磅礴，为金陵名胜之一。王安石罢相后，隐居于此。

赏析

全诗共用了八个"山"字，读来节奏明快，朗朗上口。诗从游山入手，看山然后"不厌山"，以至于将山买下，在山中终老此生。在漫长的终老过程中，只见山花落山花开，只有山一年四季都在，没有变化。又见山水乱流出山去，而山依旧是悠闲自在。就算当作普通的归隐诗，也是非常有意趣的一首佳作。但诗人更有深意。此处以山比拟自性，另可作一番解释。"终日看山不厌山"，自从一悟后，终日逢着，绝无厌倦。"买山终待老山间"，从此安住自性，不再有疑。"山花落尽山长在，山水空流山自闲"，自性随缘起妙用，生万有。妙用万有因缘所生，必是无常，一定是"山花落尽"，"山水空流"。但自性不生不灭，任万有起灭，只是"山长在"，"山自闲"。如此一解，更符合王安石禅者的身份。但最好只是"终日看山不厌山，买山终待老山间。山

191

花落尽山长在，山水空流山自闲"，不用作解，头上安头。

又答斌老①病愈遣闷（其一）

[宋] 黄庭坚

百疴从中来，悟罢本谁病。
西风将小雨，凉入居士径。
苦竹绕莲塘，自悦鱼鸟性。
红妆倚翠盖，不点禅心净。

注释

①斌老：黄斌老，善画竹，能诗。

赏析

首联"百疴从中来，悟罢本谁病"借四大病，讲无明之病。《止观》第六云："无明为病渊源，中道为药府城。"无明之病，只有悟彻圆明，智慧显现，证达实相空性，才能治之。四大之病究其根源，还是因无明而来。无明病若愈，四大病自愈。既已悟得"本无病"，则心地清净，顿获清凉。"西风将小雨，凉入居士径"正是此中滋味的写照。"苦竹绕莲塘"，当是被病困扰的象征。"自悦鱼鸟性"，是诗人悟得"无病病者"后欣喜怡悦心情的反映。当然，本身这两句诗所写的景象也是非常优美，且寓意深远，与常建的"山光悦鸟性"有共通的妙趣。鱼鸟皆有佛性，"海阔凭鱼跃，天高任鸟飞"就是体现。"红妆倚翠盖"，是形容芙蓉出水，回盼荷叶的姿态。也是指悟得清净本源，就如污泥出莲花，光明耀大千。但这个清净相也是万万执不得。若有一念喜

192

爱，则被其粘缚，光明隐没。诗人很是知道这一点，故云"不点禅心净"。怎肯被这朵莲花点在心中，迷缺本来？但此"不点"也极易成为"点"，也须放下才行。如此放下放下放下放下……何时是尽头？但有放下非尽放，若无提起是全提。

渔 翁

[唐] 柳宗元

渔翁夜傍西岩宿，晓汲清湘燃楚竹。
烟销日出不见人，欸乃①一声山水绿。
回看天际下中流，岩上无心云相逐。

注释

①欸乃：象声词。形容摇橹的声音，或划船时歌唱的声音。

赏析

此诗是诗人被贬永州司马时所写的山水禅诗佳作。首四句以时间的推移为线索，描写一位渔翁的平常生活。夜晚时，渔翁行舟来至西岩，就岩而宿。清晨破晓时，他汲取清澄的湘水，燃竹做饭。待到日出霭散时，他已离岩而去，不见人影，唯有一声"欸乃"在青山绿水间轻漾传来。此时回首一看，才发现他已经驾舟驶到中流，直向天际远去。而留在岩上的只有无心嬉戏的悠悠白云。全诗随着时间的转移，渔翁生活自然流畅地呈现出来。这份最平常不过的生活，真正散发的是诗人内心的平静与安宁。唯有内心宁静，才能如此真实地感受到渔翁生活的自然亲切，才会在诗里体现出对待眼前森罗万象的一份平常心。无心的白云是诗人自己的最好比喻，也是他"行歌坐钓，望青天白云，以此为适"的生活写照。

与虞沔州谒藏真上人

[唐]　戴叔伦

故侯将我到山中，更上西峰见远公。
共问置心何处好？主人挥手指虚空。

赏析

这首诗是士大夫到深山幽谷问道的典型之作。诗人应好友之邀，一同进山去探访高僧藏真上人。第二句突出上人居住在远离尘嚣，幽寂难到的深山。并且以比作远公来表现上人佛学渊博，禅悟高超。到达上人处，大家共坐论道。这时诗人与好友一起就以"置心何处好"提问上人，上人当即"挥手指虚空"。这到底是什么意思？悟者自悟，迷者自迷。此处"言语道断，心行处灭"，本就作不得声，所以也是无法解。但此处也是不离文字，不妨不说而说。一般领会也就是上人手指虚空，以示道遍一切处，处处可置心。但如此作解，还是纠缠不断。这一句，妙在"挥"字，挥出即是，也不定是虚空。进而言之，从他挥手处理解，也是多此一举，哪里有个置心处，还劳他挥手以指？此处怎么理解？"主人挥手指虚空"。

雨中宿僧院

[唐] 张 乔

千灯①有宿因，长老许相亲。
夜永楼台雨，更深江海人。
劳生无了日，妄念②起微尘。
不是真如理，何门静此身。

注释

①千灯：曾燃千灯供佛，故称"千灯有宿因"。

②妄念：虚妄之心念，即凡夫贪着六尘境界之心。《大乘起信论》认为由于有此妄念，故摇动平等真如海，而现出万象差别的波浪，若能完全离此妄念，即是进入觉悟的境界。

赏析

诗人在首联"千灯有宿因，长老许相亲"中表示，自己与佛法有宿世的因缘，所以得到了僧院长老的许可，借宿于此。夜雨越下越大，将寺内楼台全部包围，使人觉得这一夜特别长，好像要永远夜下去。更声响起，深深触动了诗人羁旅江湖的离愁。于是"劳生无了日，妄念起微尘"的感叹紧接而来。这劳苦的浮生不知哪一天是个头，心中的妄念犹如微尘一般纷繁起伏，没有止息。这两句须结合诗人是一个虔诚的佛教教徒的背景来理解，才能弄清楚意思。佛教教义中，劳生的了结不是死亡，而是烦恼妄念的清除。如果妄想不除，死后继续轮回，并不能使劳生结束。所以此联的"妄念起微尘"是劳生无了的原因。于是诗人在尾联中，提出了解决问题的方法。只有深达真如妙理，契悟实相空性，才能"静此身"，才能灭却妄想。

玉泉庵

［宋］　江公著

风暖客衣轻，山行眼乍明。
人非少年事，泉作旧时声。
草履春游倦，茶瓯午睡清。
不教身自在，城郭草烟生。

赏析

　　首联从自身的感受描写春天的景象。如"风暖客衣轻"，春来日暖，风和气柔，终于可以刚换上的春衣，比较沉重的冬衣，更显得轻松畅快。"山行眼乍明"，一冬无颜色的山水草木，都在春风的轻抚下，放出明媚鲜亮的绮丽，使诗人眼前一亮。一个"乍"字，将这种突发的快乐，精确表达。这样的开头，理当引出进一步的春景描写，但诗人笔锋一转，写起了时间带来的感伤。玲珑的泉声，依旧是当年的清越动听，只是听泉的人，亦非那时的少年。"草履春游倦，茶瓯午睡清"，游山与感伤，使诗人有了些疲倦，于是在庵中小憩片刻，并借着香茶，清醒起来。这联除了是当时情形的记述，也是诗人内心的感悟。在红尘宦海的"春游"已使他疲倦不堪，急需栖息修养，并借佛法妙香清醒自己的尘心。但这样的愿望，想要得到实现也是很难的。所以诗人最后以"不教身自在，城郭草烟生"收尾。

遇融上人兰若①

[唐] 綦毋潜

山头禅室挂僧衣②，窗外无人溪鸟飞。
黄昏半在下山路，却听钟声连翠微。

注释

①兰若：阿兰若的略称，是僧人所居处。其义即空净闲静之处。

②僧衣：主要指比丘应具的三衣，即袈裟。一、安陀会衣，为五条之袈裟，名下衣，平常着之。二、郁多罗僧衣，为七条之袈裟，名中衣，在寺内之众中为礼诵斋讲着之。三、僧伽梨衣，为九条乃至二十五条之袈裟，名上衣，为出外时及其他严仪之时着之。

赏析

诗人来到融上人禅室，见到室内别无长物，只有几件替换僧衣简单地挂在一边。从此可见上人生活极其简朴，而这份简朴也深深打动了诗人。禅室外人迹罕至，只有飞鸟掠过溪水，衬出格外的超然静穆。诗中没有说是否与禅师有所交谈，甚至连禅师是否在也不得而知。但禅师的精神充满了整个环境，感染着前来拜访的人。同时也隐约觉到诗人与禅师相对无言，静静坐待黄昏的场面。日落时分如期而至，诗人缓步下山，身后钟声连山而来。苍凉的钟声使人一扫尘烦，顿觉清凉。全诗沉浸在无言的宁静中，鸟飞钟鸣，更显幽色。虽无人无言，但却于无声处听惊雷，禅师的高行，心悟的深玄，尽在不言中，实深得宗趣之上乘佳作。

寓言（其一）

[宋] 王安石

太虚无实可追寻，叶落松枝谩古今。
若见桃花生圣解，不疑还自有疑心。

赏析

　　此是王安石拈唐代灵云志勤禅师悟道偈的诗。灵云的原偈是"三十年来寻剑客，几回落叶又抽枝。自从一见桃花后，直至如今更不疑"。首句以太虚比拟大道，大道无形无不形，没有追寻处。以此可见"三十年来寻剑客"是白费力气，但有个寻处，历劫不出头。"几回落叶又抽枝"这一句，字面上看，是指这么多次落叶抽枝直指归路，却当面错过。王安石"叶落松枝谩古今"就这"叶落松枝"处当面错过之义，拈提其为欺骗古今：有什么当面错过的？且落叶松枝上又如何有归处了？众人莫被欺，只管由他"落叶又抽枝"，不干汝事。"自从一见桃花后，直至如今更不疑"，禅师一见桃花，当下即是，肯认本来，不再有疑。王安石拈提到"若见桃花生圣解，不疑还自有疑心"。他是怕后人于禅师"一见桃花"上自取粘缚，徒生圣解，错会禅师心行。道岂在"一见桃花"上？但也不离这个。禅师一见不疑，是他自己家的事，众人岂可于此仿效？且"不疑"也易惹人误会。本就没什么要疑的，也没什么不疑的。若执在不疑，早就是不肯安心，狐疑难了。所以王安石以诗警戒，可谓悲心恳切。但此番拈提，只是就众人误会处作排遣，岂是有疑于灵云？

圆通①院白衣阁②（其一）

[宋] 秦 观

无边刹境一毫端，同住澄清觉海间。
还是此花并此叶，坏空成住未曾闲。

注释

①圆通：谓遍满一切，融通无碍；即指圣者妙智所证的实相之理。又，观世音菩萨又称圆通大士。

②白衣阁：供奉观世音菩萨之阁，因菩萨又称白衣大士。

赏析

首二句是对真如实相，这一真法界的表达，经中多有。《楞严经》云："一为无量，无量为一。小中现大，大中现小。不动道场，遍十方界。身含十方无尽虚空，于一毛端现宝王刹，坐微尘里转大法轮。"《华严经》云："一尘中有尘数刹，一一刹有难思佛，一一佛处众会中，我见恒演菩提行。……于一毛端极微中，出现三世庄严刹，十方尘刹诸毛端，我皆深入而严净。""还是此花并此叶"，诗人在这组诗的另一首中写"白衣阁外绕朱栏，人在琉璃菡萏间"，此处花叶当指阁外莲花。此句是以莲花来譬喻清净觉海妙明真心，此心无生灭，但随缘万有却是"成住坏空"不断。同时此两句也是暗赞圆通禅师如莲花清净，任世事来去，毫不挂心，点出了这组诗赞叹禅师的主题。

月下怀广胜法师

[宋]　郭祥正

下方遥忆上方僧，素月青林隔几层。
钟磬声沉香篆熄，只应诗思冷如冰。

赏析

　　"下方遥忆上方僧"，身居下方的诗人，追忆居在上方的广胜法师。上下方是空间的概念，也是出俗与居尘的分别。诗人的另一首诗具体描述过广胜法师的高行净节。诗云："邂逅营居得近僧，惟师更住最高层。半瓯香茗浮春雪，一饭寒蔬带晓冰。"寒蔬带晓冰，可见法师道风雅简。"素月青林隔几层"，此句体现了诗人与法师相隔很远，不易见面，衬托了诗人对法师的怀念。时间上诗人已很久没见上人了，空间上诗人与法师相隔也是甚远。后两句是诗人想象之词。"钟磬声沉香篆熄，只应诗思冷如冰"，钟声已逝，篆香已熄，一切澄静，只有法师如冰的诗思还在活动，当有佳句流出。其实，真正"诗思冷如冰"的是诗人自己。本诗清雅冷洁，用词高格，如"素月青林""钟磬香篆"，美丽清峻，反映了诗人自身的清净离俗。

云

[唐]　郭　震

聚散虚空去复还，野人①闲处倚筇②看。

不知身是无根物，蔽月遮星作万端。

注释

①野人：山野闲人。

②筇：竹子的一种，可做手杖。

赏析

　　无限苍穹，浩瀚天宇，浮云片点，来去起灭。此处深写无常聚散之意，尽得云的旨趣。次以野人倚筇闲看，特写一个"静"字，与云之倏动，形成强烈反差。诗人自以野人居之，而闲看他人不知身如无常云，造作种种"蔽月遮星"之无益事业。通诗透出的是对世人的警醒：无常是苦，当早谋出，对世俗名利不要执着求取，万端造业。更深一层的意思是任浮云来去起灭，虚空不曾动摇半点，星月光辉也不因云的遮蔽而丧失一毫。此喻真如实相犹如虚空，本来不生，今也不灭，任世人埋却度日，也不曾有损。世人只要肯"歇心"，不执无根身为我，便能倚筇看云，尽得闲字真义，自是"宠辱不惊，看庭前花开花落；来去随意，任天际云卷云舒"。

杂 诗

[唐]　庞　蕴

日用事无别，惟吾自偶偕。
头头非取舍，处处勿张乖。
朱紫谁为号，丘山绝点埃。
神通①并妙用②，运水及搬柴。

注释

①神通：不可测又无碍之力用。一般讲有神足、天眼、天耳、他心、宿命、漏尽，共六种神通。

②妙用：微妙的力用。

赏析

这是庞居士的悟道偈。开头两句说每天和平常人一样过日子，没什么特别的，不同的地方只是诗人自己安心于这平常日用，过得非常偕谐自在。因为他已悟真如实相，破除了"我、人、众生、寿者"诸相。颔联具体描写他的日常生活。他虽终日吃饭穿衣，但无一丝一毫执着，头头无取也无舍，处处都自在，没有任何不圆融的地方。颈联是原因阐述。如果没有执着，朱紫只是两种不同的颜色，不会有什么好恶之心。只因有了执着，就或朱或紫的取舍争夺，自寻烦恼。丘山由点埃集聚而成，是因缘和合所生，所以当体性空，不见尘埃。明白诸法性空，人我是非俱不可得，放下执着，也就可以不再对朱紫生差别心了。最后两句点出运水搬柴，皆是真如妙用，自性神通，要人直下承当，不再心外求法，疑惑难了。六祖云"何其自性本自清净，何其自性本不生灭，何其自性本自具足，何其自性本无动摇，何其自性能生万法"，庞居士会得其中妙义，故有此作。

赞黄蘗山僧希运

［唐］ 裴 休

自从大士①传心印②，额有圆珠七尺身。

挂锡③十年栖蜀水，浮杯今日渡漳滨。

八千龙象随高步，万里香华结胜因。

拟欲事师为弟子，不知将法示何人。

注释

①大士：菩萨的通称。此处指达摩大师。

②心印：心者佛心；印者，印可或印定之义。禅宗以佛心印定众生心，证不二相。

③挂锡：悬锡杖之义，谓僧之止住。

赏析

首联讲自从达摩大士来东土传佛心印，现在黄檗禅师也已经得到印心，彻悟拈花宗旨。"额有圆珠"，是指黄檗禅师额头隆起一块的异相。颔联记述黄檗禅师住锡黄檗山十年，诗人出镇洪州，迎请禅师来开元寺，以及禅师乘船而来的事。颈联形容禅师的弟子很多，且多有法门龙象，追随禅师的出格高步。而禅师辗转万里弘法，所到之处皆有所化，并且得到了信众的衷心拥护。尾联是画龙点睛之笔。诗人先说自己拟拜禅师为师，以弟子之礼敬事之，但随即又问禅师的法到底向谁开示呢。法自是向弟子开示，但既然已明妙义，那么也就不见"我人众生寿者"四相，既无示法的禅师，也无受法的弟子，也不见示受的法。三轮体空，一真圆融。

赠别君素上人

[唐]　刘禹锡

穷巷唯秋草，高僧独扣门。
相欢如旧识，问法到无言。
水为风生浪，珠非尘可昏。
悟来皆是道，此别不销魂。

赏析

　　此诗是诗人被贬朗州司马时所作。时值深秋，诗人独居穷巷，相伴的只有瑟瑟秋草。此一句尽写冷落身世，世态炎凉。与此一片凄凉中，君素上人一杖独曳，千里来访，轻扣柴门，顿时打破了寂静，生气充满。子曰"有朋自远方来，不亦乐乎"，上人的到访给诗人带来了无尽的欢喜。朋者，同窗之义，引为同道中人。诗人与君素上人所同之道自然是佛法。两人相见别无他语，只就佛法展开了讨论。言到极处，戛然无语。原因在本诗的序言已说明："夫悟不因人，在心而已。其证也，犹暗人之享太牢，信知其味而不能形于言，闻于耳也。"颈联借送别上人情景，进一步阐明义理。上人踏一叶扁舟而去，诗人面对了连天江水，忽有所悟。众生本具如来智慧德相，但因妄想执着，失去妙用。好比水因风成浪，不能现月。虽然不能现月，水所本具的净照并没有失去，只要风平浪静，自得现前。所以诗人说"珠非尘可昏"。清净自性犹如明珠，再多尘埃也不能使之失去光明之性，只是暂时缠裹，不得妙用而已。但能放下妄想执着，本具之如来智慧德相自得现前。领悟至此，则知处处是道，步步真如，那么聚散也都无可用心，也就没什么销魂的了。连不销魂也没有，因为没了销魂，也就无处去寻个"不销魂"。

赠禅者

[宋] 陈 襄

昔年曾到此山中，正见山花满砌红。
今日花开还照眼，分明见处本来同。

赏析

此诗的关键在于"分明见处本来同"。今日所见之花与昔年所见之花当然是不同的，昔日红花早逝秋风里。但这个红，只是一个，不是两个。变中有不变，不变中有变。这就大有禅机了。《金刚鎞》云："故子应知，万法是真如，由不变故；真如是万法，由随缘故。"即是说真如之理体虽恒不变易，而触缘则生出万有；虽生万有，真如理体丝毫不变易。此处"红"比拟真如不变理体，山花比拟随缘所生万有。再举个例子。比如波浪形态万变，但水无变。任怎样的波浪，水还只是水。世人不识水，但执无常生灭之波，岂能不轮回受苦？若识得水，当下由波安心住水，则从此无生灭矣！此诗也是要人识得"本来红"，不要跟着花开花落转。

赠初上人

[唐] 张 乔

竹色覆禅栖，幽禽绕院啼。
空门无去住，行客自东西。
井气春来歇，庭枝雪后低。
相看念山水，尽日话曹溪①。

注释

①曹溪：河名，位于今广东曲江东南。禅宗六祖慧能大师在曹溪南华寺说法度生，广弘顿悟法门，后人遂把曹溪代表六祖。

赏析

从全诗来看，这应是诗人拜访初上人之后的赠诗。首联"竹色覆禅栖，幽禽绕院啼"是对上人居处的描写。禅院中翠竹幽幽，野禽婉啼，一派天然风光。除了诗人外，还有其他的人络绎来访，但上人净心不动，任人来人往。所以是"空门无去住，行客自东西"。达到了这一步，看来上人是已悟妙旨，深达"凡所有相皆是虚妄"，不见人来人往，也不妨人来人往。到了这样的境界，则能了达处处在在皆是法身般若，所以诗人写了"井气春来歇，庭枝雪后低"这样的自然不过的景色，以表达上人的境界。尾联是写诗人自己拜谒上人时的情景。两人相对，只是聊聊山水，但却一刻也没有离开曹溪宗旨。因为无处不是禅，不是真如所在，不是实相妙义，所以尽管是一日话山水，却句句皆是合道妙语。这与颈联以平常景色表达禅境是一样的。

赠琮公

[唐] 韦应物

山僧一相访，吏案①正盈前。
出处似殊致，喧静两皆禅。
暮春华池②宴，清夜高斋眠。
此道本无得，宁复有忘筌③。

注释

①吏案：官方案卷。
②华池：昆仑山之仙池。
③忘筌：得鱼忘筌。

赏析

此诗首写琮公来官邸看望自己，而自己正忙于公务，吏案盈于同前。看似山僧的生活是非常闲悠清净，与禅相近，而诗人却是公务繁忙，俗事缠身，于道有隔了。但大道遍一切处，禅也没有任何固定的外在形式，所以若心悟实相，则头头处处，无非般若妙禅。若执着闲悠清净，则已相隔万重山了。诗人深得个中三昧，故云"出处似殊致，喧静两皆禅"。到此地步，当是一切自在，则"暮春华池宴，清夜高斋眠"皆是禅心流露，道妙无穷。尾联更是横扫虚空，直指归处。人常以得鱼忘筌来表示不可执着于得道的方便法门，以指为月。但此处诗人更进一层表明此道本自具足，人人都有，无所谓得失，自然也就谈不上忘筌不忘筌的。筌非道外物，怎么能以之得道？若有筌可忘，则道不及筌也，那道也就不是道了。所以不执指为月，是一层，但此一层不执，即"忘筌"，又岂可再次粘缚？也当尽去之。只这个"尽去"也是多余。

赠东林总长老

[宋] 苏 轼

溪声便是广长舌①，山色岂非清净身②？
夜来八万四千偈，他日如何举似人。

注释

①广长舌：佛的三十二相之一。舌广而长，柔软红薄，能覆面至发际。

②清净身：清净之佛身。《法华经·法师品》所说之清净光明身。

赏析

此诗传诵很广，是著名的禅诗。从肯定的角度来说，真如实相，横遍十方，竖穷三界，翠竹黄花皆是般若法身，所以"溪声便是广长舌，山色岂非清净身"，也没什么大不了的，就是这样了。"夜来八万四千偈，他日如何举似人"，是说自己从溪声山色中得到的领悟，无法向别人说起，因为这不是文字语言可以表达的。从否定的角度来说，祖师也将苏轼列为"门外汉"。《五灯会元·天竺证悟禅师》记载："谒护国此庵元禅师，夜语次，师举东坡《宿东林偈》，且曰：'也不易到此田地。'庵曰：'尚未见路径，何言到邪？是门外汉耳。'师通夕不寐，及晓钟鸣，去其秘畜，以前偈别曰：'东坡居士太饶舌，声色关中欲透身。溪若是声山是色，无山无水好愁人。'特以告此庵。庵曰：'向汝

208

道是门外汉。'师礼谢。"那么东坡如写作"溪声便是清净身，山色岂非广长舌"，是否就不是"门外汉"了呢？要是有此一问，早就当面错过了。有什么门内门外？此处如何领会？溪声便是广长舌，山色岂非清净身。

赠鹤林上人

[唐]　戴叔伦

日日涧边寻茯苓①，岩扉常掩凤山②青。
归来挂衲高林下，自剪芭蕉③写佛经。

注释

①茯苓：生于松根下，健脾益神。传说千年茯苓食之可以成仙不死。

②凤山：栖凤之山。

③芭蕉：多年生草本植物，叶子很大，花白色，果实跟香蕉相似，可以吃。佛经最早的书面载体是贝叶，所以诗人联想到在芭蕉叶写佛经。

赏析

此是诗人入仕前见到鹤林禅师时，赠予的一首诗。通篇是诗人自己想象中的禅师生活。因鹤林禅师年寿很高，所以诗人想象他是经常食用能延年益寿的茯苓。其实僧人不同于道士，不以药食做延命之宝。这来源于对两教教义的不同。佛法以"缘起"为基础，不以身为我，并且修道以破除对五蕴假合之我的执着为要务，所以根本不会刻意延寿。况且法由心生，就算是需要延寿，也当以修心为因。第二句是写禅师住处人迹罕至，幽静安宁。但是每天鹤林禅师都要接待很多前来问道参访的人。所以也只能"心远地自偏"地长掩岩扉。后两句描写禅师"寻茯苓"回来，将僧衣挂在树枝上，然后剪取芭蕉叶写佛经。这是纯粹的想象了。不过本诗体现了士大夫对禅师生活的向往，也反映了人们对禅的一种美学化理解。

赠胡僧

[唐] 周 贺

瘦形无血色，草履著行穿。
闲话似持咒，不眠同坐禅。
背经来汉地，袒膊过冬天。
情性人难会，游方应信缘。

赏析

首联从外形上描写胡僧。经过长途跋涉，胡僧形容苍瘦，草鞋早就磨破。简短两句，已经从头到脚全面表现了胡僧憔悴枯槁的外形。但从这里也折射出一种坚忍不拔，刚毅弘忍的品格，让人读之起敬。颔联紧接着从内在修持和神态来继续刻画。"闲话似持咒"，既是表示胡僧新学汉语，说话含糊，有点像念诵咒语，又是表示他时刻修持，就是讲话，也不辍用功。"不眠同坐禅"，胡僧晚上不睡觉，只是坐禅，实在是精进。同时也反映出他修持有成，已除睡烦恼（睡：十缠之一，是烦恼的一种）。颈联讲述胡僧来汉地的目的，和惊人的意志。不辞辛苦，不畏寒热，行走万里，奔波劳累，非有对佛法深刻的体会与普度众生的宏愿，不能如此。尾联点出胡僧的高洁情性，能理解的人不是很多。虽然如此，但他还是顺应因缘，来到此方，利益众生。最后一句"游方应信缘"，表现出胡僧将很能以为了不起的事业看得轻如白云，没什么了不起。从此，更可见他的超尘离俗。

赠建业契公

[唐]　孟郊

师住青山寺，清华常绕身。
虽然到城郭，衣上不栖尘。

赏析

"青山寺"泛指建于青山深处的梵宇佛寺。首句从平常入手，只一句"师住青山寺"，便将契公深居青山，安禅修行的"平常心"刻画了出来。"清华常绕身"是指寺院的环境优雅，风景秀丽。但一个"绕"字，给人以景色被契公的德行吸引，主动近身的感觉，不经意间就描写了契公的高行。"虽然到城郭，衣上不栖尘"，是明着赞美契公禅心清净，不染烦尘。因为只在深山中能做到纤尘不染，这还不够，而能在喧嚣的城郭里，也能保持心地清净，才是更高的境界。但有尘而不染还不是妙处，更妙的是无尘可染，如六祖偈云"本来无一物，何处惹尘埃"。契公深契清净本源，他的"衣上不栖尘"当是无尘能栖，无衣可栖的境界。于此境界，当是无能住师，无所住寺，无能绕之清华，无所绕之独身，无能到之僧人，无所到之城郭。然此个"无"字，也是无。到此一切都无了，又是个什么情景呢？"师住青山寺，清华常绕身。虽然到城郭，衣上不栖尘"，天然现成，现成天然。

赠乐天①

[唐] 元　稹

等闲②相见销长日，也有闲时更学琴。
不是眼前无外物，不关心事不经心③。

注释

①乐天：白居易，字乐天。
②等闲：平时。
③经心：在意，留心。

赏析

首句写自己平常闲时与朋友聚会，聊天吟诗以打发时光。"也有闲时更学琴"，是指没有聚会时，也自己学学琴。这两句就是一个意思，自己很闲。为什么这么闲呢？"不是眼前无外物，不关心事不经心"就是原因阐述。闲到如此地步，并非是隐居深山，无所事事了，而是心中无事，无所用心的缘故。佛法是心法，心闲一切闲。"无心于事，无事于心"（德山宣鉴语），自可以于万机得暇，向火里寻冰。如前一首诗所云"野僧偶向花前定，满树狂风满树花"，只要心定，狂风也是定，静花也是定。更深一层说，"万法本闲人自闹"（八指头陀语），本来只是"仁者心动"，才见风动幡动。只要自己心不闹，处处事事，何处不闲？欲觅一不闲而不可得。但欲觅一个闲，也是不可得。

赠琴棋僧歌

[唐] 张 瀛

我尝听师法一说，波上莲花水中月。
不垢不净是色空，无法无空亦无灭。
我尝听师禅一观，浪溢鳌头蟾魄满。
河沙世界尽空空，一寸寒灰冷灯畔。
我又听师琴一抚，长松唤住秋山雨。
弦中雅弄若铿金，指下寒泉流太古。
我又听师棋一著，山顶坐沈红日脚。
阿谁称是国手人？
罗浮道士赌却鹤，输却药，
法怀斲下红霞丹，束手不敢争头角。

赏析

全诗共由四个部分组成，分别描写僧人的说法、观禅、抚琴、下棋的飞扬神采。法师说法，精微奥妙，犹如波上莲花无染着，又如水中月影无可得。讲什么呢？讲空即是色，色即是空，本来真如不生不灭不垢不净不增不减，实际里的无法无空也无生灭，只是清净湛然。法师观禅，深入禅定，任凭天摇地动浪如山，月静云闲波光灿，只是心不动，观照河沙世界自性空。入定时长，香灰冷却，灯灭无光。法师抚琴，松听雨住，琴音铿锵，冷意寒情似泉出，流水悲风达千古，使人顿时澄心静，喧嚣扫。法师弈棋，观者忘时到日沉。号称国手的罗浮道士，输了鹤药金丹，再不敢争锋。全诗一气呵成，比喻恰当，形象生动地描绘出法师精通佛法，深入禅观，于空中起大妙用，或抚琴，或弈棋，皆入上乘，惊动世人，可谓上品诗作。

赠日本僧智藏

［唐］ 刘禹锡

浮杯①万里过沧溟，遍礼名山适性灵。
深夜降龙潭水黑，新秋放鹤野田青。
身无彼我那怀土，心会真如②不读经。
为问中华学道者，几人雄猛得宁馨。

注释

①浮杯：将海中之舟船比作杯子。

②真如：真是真实不虚，如是如常不变，合真实不虚与如常不变二义，谓之真如。真如是法界相性真实如此之本来面目，恒常如此，不变不异，不生不灭，不增不减，不垢不净，即无为法，亦即一切众生的自性清净心，亦称佛性、法身、如来藏、实相、法界、法性、圆成实性等。

赏析

首句写智藏乘如浮杯之舟，漂流万里，远涉重洋，来到中华。"浮杯"突出了旅途的艰难与危险。智藏此行的目的是朝礼名山，参访高僧，怡情悦性，彻悟妙理。颔联运用降龙与放鹤的典故，写出智藏高深的佛法修为和与物同体的大悲精神。颈联是直写大师的修行境界。佛法千说万说只是要人破除二种我执（人我执、法我执）。智藏深契佛心，放下执着，对于自我与国土都不再执着，所以是"身无彼我那怀土"。"心会真如不读经"进而点出放下执着的境界。他已领悟"不生不灭，不增不减，不垢不净"的实相真如，第一义谛。至此读经的目的已达到，自是不用再读，但也不妨多读。尾联的反问更是洋溢着诗人对这位外来高僧的推崇与敬仰。

赠天卿寺神亮上人

[唐] 赵 嘏

五看春尽此江濆，花自飘零日自曛。
空有慈悲①随物念，已无踪迹在人群。
迎秋日色檐前见，入夜钟声竹外闻。
笑指白莲心自得，世间烦恼是浮云。

注释

①慈悲：与乐曰慈，拔苦曰悲。如《大智度论》云："大慈，与一切众生乐；大悲，拔一切众生苦。"慈悲是佛道门户、诸佛心念。《观无量寿经》云："佛心者，大慈悲是，以无缘慈摄诸众生。"《大智度论》卷云："慈悲是佛道之根本。"

赏析

首联描写上人见春来春去，毫不动心。春来万物荣发，春去花落飘零。面对这样的情景，常人总会有喜有悲，而上人已了解这份无常实在是最平常了，没什么好喜好悲的。颔联紧扣五年不下寺来写（原诗题下有"师不下寺已五年已"）。有无大慈大悲是大乘与小乘的重要区别。上人虽没有行迹到世间，但慈悲的心没有减损。颈联以景写禅，反映上人的清净禅心。寺院幽静，秋日无声，钟声悠扬，竹风清爽，这全是上人心地清净的体现。尾联直接写上人的境界超凡。白莲出淤泥而不染，是上人自己的写照。将烦恼比作浮云，意思是说烦恼无自性，决定能除灭；烦恼再多也不能使自性光明受损，犹如浮云虽遮日，却不会减损太阳的光芒。

赠宣州①灵源寺仲濬公

［唐］ 李 白

敬亭②白云气，秀色连苍梧③。

下映双溪水，如天落镜湖。

此中积龙象④，独许濬公殊。

风韵逸江左，文章动海隅。

观心同水月，解领得明珠⑤。

今日逢支遁⑥，高谈出有无。

注释

①宣州：今安徽宣城县。

②敬亭：敬亭山，在宣州城北。

③苍梧：苍梧山，湖南南部，又名九嶷山。

④龙象：原指诸阿罗汉中最大力者，此处泛指高僧大德。

⑤明珠：此处典出法华七喻之衣珠喻。《文句记三下》曰："众生身中，有昔种缘，名为衣珠。"

⑥支遁：晋朝名僧，号道林。

216

诗以描写宣州的美景开篇。白云缭绕的敬亭山，青翠秀美，绵延不绝，一直连接到苍梧山。澄明清冽的双溪，倒映着敬亭山秀丽的景色，蓝天白云也落收其中。山中聚集着好多佛门龙象，而仲濬公是最为出色的。他风度翩翩，气韵不凡，文章高妙，倾动江南。而禅修也是极其不凡。"观心"是修行的关键，《十界二门》云："一代教门，皆以观心为要。""水月"是大乘常用的譬喻。此处指观察自心，如同水月，非有非无，了不可得而明有妙用。"解领得明珠"巧用"衣里明珠"喻，表明禅师已解下烦恼外衣，得到了自性明珠。这颗明珠个个都有，人人本具，只要转身解衣，立刻获得，从此就得大受用，不被贫苦困。这是对仲濬公禅悟境界的赞扬。最后一联，将仲濬公比作名僧支遁，并通过记述二人高谈，进一步阐明见解。"高谈出有无"表明二人已领会佛法中有关"有""无"的妙义，不再执着。通诗由景到人，说理明晰，为难得佳作。

赠仰大师①

[唐] 张 乔

仰山②因久住，天下仰山名。
井邑身虽到，林泉性本清。
野云居处尽，江月定中明。
仿佛曾相识，今来隔几生。

注释

①仰大师：仰山慧寂禅师（840—916），沩山灵祐之弟子。于仰山

开创禅院，发扬沩山灵祐之宗风，是为沩仰宗。有仰山小释迦之号。

②仰山：位于江西宜春县（宜春市）之南。山势绝高，须仰视方得见，故称仰山。

赏析

"仰山因久住，天下仰山名"，因为慧寂大师常住仰山，仰山也天下闻名了。这正是"山不在高，有仙则名。水不在深，有龙则灵"。颔联"井邑身虽到，林泉性本清"表述大师常常来到红尘井邑，游化度生，但他并没有因此而受到染着，依旧像林泉一般清澈。因为他已彻证自性清净，契入真如实相，既没有能染着的人，也没有可为染着的尘恼。颈联"野云居处尽，江月定中明"承接颔联，进一步阐明大师的清净境界。因为大师的禅心清净，没有烦恼，所以野云也远避大师的居处，但野云也可看作是烦恼的比喻。江水清澈平静时，就自然能显出明亮的天月，好比大师清净的禅心能如实照见森罗万象。最后两句是说诗人自己与仰大师一见面就有似曾相识的亲切，这是因为自己与大师于过去世曾同为佛弟子吧。

赠药山高僧惟俨① （其一）

［唐］ 李 翱

练得身形似鹤形，千株松下两函经。
我来问道无馀说，云在青霄水在瓶。

注释

①药山惟俨：禅宗青原系石头希迁法嗣，为宗门巨匠。

首句以鹤形来比喻药山禅师身形清瘦，同时又写出了这位"皮肤脱落尽，惟有一真实"（药山惟俨语）的大禅师全身充满了得道者的清高飘逸的气象，使人望之，顿脱凡俗。禅师静坐在一片松林中，身边放着两函没打开的经。为什么没打开呢？因为"心会真如不读经"（刘禹锡《赠日本僧智藏》）。但也不碍读经。药山禅师有时也读经，门人问起，则说"我只图经遮眼"，真是不着文字，洒脱无拘。以上是诗人来访时的第一印象。接下来是主要剧情。诗人向禅师询问什么是道。据载禅师以手上下一指，问诗人"会吗"，诗人茫然，然后禅师才说"云在青霄水在瓶"，诗人当下"欣然"。且不管那无言一指，只这一句"云在青霄水在瓶"怎么领会？云自然在天上，水自然在瓶中，个个安分守己，不起非分妄想，"寒时就暖，热时向凉"，不思虑，不攀援，整个天然，真如现成。诗人欣然而悟的可能就是这个，可能什么也不是。但又有什么是，或不是呢？

赠药山高僧惟俨（其二）

［唐］ 李　翱

选得幽居惬野情，终年无送亦无迎。
有时直上孤峰顶，月下披云啸一声。

首句描述禅师居住在幽静偏僻的地方，非常有迥离尘世的情趣。也就是前一首诗中提到的"千株松下"。"终年无送亦无迎"一方面是表示所居之处人迹罕至，另一方面更重要的是禅师"心无挂碍"的体现。毕竟不可能终年无访者。大彻大悟如药山禅师者，当有许多人前去参访问道，诗人自己也是其中一位，但禅师已证《金刚经》所说的"过去心不可得，现在心不可得，未来心不可得"，所以是心中没有"送迎"。后两句是千古传诵的名句。"有时"体现出禅师的"随缘任性"，无所用心。"直上"既是写禅师率性登顶的飘逸风度，也是禅宗"直指人心，见性成佛"宗风的体现。对于自己的本来面目，要当下承担，不杂疑虑，不受人惑。"孤峰顶"即是最高处，直上孤峰顶，就是直达最高处，就是直契真如实相，不与万法为侣。身临最高处，忽见云开月来，清光洒露，于是与天地为一体的药山禅师，和唱一声，长啸万里。这一啸是什么意思？这一啸没什么意思，啸就啸了，并不容得分别思虑。只如此，方才会得几分"笑傲浮生"意。

赠圆上人

［唐］ 贾 岛

诵经千纸得为僧，麈尾①持行不拂蝇。
古塔月高闻咒水②，新坛日午见烧灯。
一双童子③浇红药，百八真珠贯彩绳。
且说近来心里事，仇雠相对似亲朋。

注释

①麈尾：取领头鹿的尾做成的拂子。麈者，领头鹿。
②咒水：以咒加持净水，使之产生治病等神效。
③一双童子：八大金刚童子之矜羯罗童子与制吒迦童子。

"诵经千纸得为僧"，从此可看出上人的佛学理论造诣深广博大。"麈尾持行不拂蝇"，从爱护蝇虫这样的一个小细节反映出上人的行持也是精进高洁。从这两句可以看出上人是一位解行并进的虔诚修行者，一位高僧的形象也圆满地展现了出来。颔联是两位上人的日常佛事。上人常在深夜诵咒加持净水，以之利益有需要的众生。白天中午，他又在佛前给长明灯加油，以之供养诸佛，为众生祈福。从这么一个侧面，可以看出上人悲心广大，度生心切。颈联中，诗人将视角转向了寺里佛像与法器。通过描写矜羯罗童子与制吒迦童子浇灌芍药的塑像，来表达对慈悲教义的崇敬。念珠108颗，有一种解释就是说将世人的108个烦恼降伏。尾联是诗人将自己近来的心得体会向上人汇报。因为慈悲心增长，诗人已能将仇雠视为亲朋。这是很不容易做到的，从此可见诗人对于佛法不是一般的了解，而是化了很大的力气来深入，并有所实践。

赠赵伯鱼（节录）

［宋］ 韩 驹

学诗当如初参禅，未悟且遍参诸方。
一朝悟罢正法眼①，信手拈出皆成章。

①正法眼：正法眼藏，禅宗用来称其教外别传的心印。

这是首著名的引禅入诗的说理诗。虽说是教赵伯鱼如何写诗，但也可从中了解到参禅的一般过程。没彻悟前，当行脚诸方，参大善知识，以期因缘凑合，啐啄同时，了悟真如，契入实相。赵州从谂禅师因未能彻底通透，到了八十岁犹行脚参访。宋张商英有颂云："赵州八十犹行脚，只为心头未悄然。及至归来无一事，始知空费草鞋钱。""一朝悟罢正法眼，信手拈出皆成章"，一旦大悟，正法眼藏，涅槃妙心，一时承担，为人天师，成善知识，则挥洒皆指示妙道，信手全标向真如，钳锤学人，绍隆佛种。类似本诗以禅说诗的还有很多。如宋人龚相有《学诗诗》三首，其一云"学诗浑似学参禅，悟了方知岁是年。点铁成金犹是妄，高山流水自依然"。明人都穆《学诗三首》其一云："学诗浑似学参禅，不悟珍乘枉百年。切莫呕心并剔肺，须知妙语出天然。"

赠质上人

[唐]　杜荀鹤

枿坐云游①出世尘，兼无瓶②钵可随身。
逢人不说人间事，便是人间无事人。

注释

①云游：指行者至诸方参学行脚，有如浮云随风飘游，不定止于一处。

②瓶：第一、梵语音译为军持、军迟等，为比丘常随身携带十八物之一。即盛水之容器，又称水瓶、澡瓶。有净、触二种：净瓶之水，供饮用；触瓶之水，以洗触手。第二、梵语音译为迦罗奢，系盛五谷、香水等，供养佛、菩萨时所用。此处当指前者。

这是首对质上人这个"无事人"的赞誉诗。上人无论静坐一处还是云游天下,一举一动皆出尘不凡。他连一般僧人都随身携带的瓶钵也没有,可见身心自在,一物不挂。碰见人,他只说佛法,绝口不提人世间的种种是非得失。为什么不说"人间事"呢?因为他心中没有了人间事。如此,他便是个"人间无事人",是个绝学无为闲道人。如果再深入一点说,上人既然心中没有人间事,当然也没有相对的非人间事,那他怎么说也是说不出人间事来,怎么说也都是非人间事,好比海水一味难得淡。同时本诗也是生逢晚唐乱世的诗人,追求做个人间无事人的流露。

斋 居

[宋] 陈师道

青奴①白牯②静相宜,老罢形骸不自持。
一枕西窗深闭阁,卧听丛竹雨来时。

注释

①青奴:青衣小奴。
②白牯:白色公牛。

赏析

"青奴白牯静相宜",这是诗人从书斋中向外眺望所见的青衣小童,悠闲地骑在白牛上,怡然自得地散步在田间小路上。诗人此时突然有所感慨。相比之下，自己已经老了，身体难以自持。这是对老苦的体会。《中阿含卷七·分别圣谛经》记载，众生老时，头白齿落，盛壮日衰，身曲脚戾，拄杖而行，肌缩皮弛，诸根迟钝，颜色丑恶，身心皆受极大之苦楚，是为老苦。对待这样的老苦，诗人如何自处呢？"一枕西窗深闭阁，卧听丛竹雨来时"，虽然身受老苦，但心中还是宁静安闲。临着西窗，躺在床上，听听雨打丛竹的清音。这样的坦然面对老苦，想必是对于不生不灭的大道，已经有了一些领会。

真慧寺

［唐］　裴　度

遍寻真迹蹋莓苔，世事全抛不忍回。
上界①不知何处去，西天②移向此间来。
岩前芍药师亲种，岭上青松佛手栽。
更有一般人不见，白莲花向半天开。

注释

①上界：天宫。
②西天：西方极乐世界。

赏析

踏着遍布莓苔的小路，诗人寻求着出离尘世的"真迹"。而平生世事，应该全部抛却，不可回头，也不忍回头。虽然不知当如何才能到达"上界"，但眼前的真慧寺确实是一片清净佛门景象，好像西方极乐世界移到了这里。"岩前芍药师亲种，岭上青松佛手栽"既表示寺中的花树草木皆是寺僧——亲种，也暗喻美好的环境由人自己创造。佛教认为没有生杀予夺，高高在上的所谓创世主或上帝，一切"唯心所显，唯业所召"，众生的境遇皆是自己种因，自己受果，乃至成佛也是自己努力才能。尾联用出淤泥而不染之莲花，比喻精进修道的僧人，虽在人间，却不受尘染。这也是诗人自己的志向吧。莲花在佛教中寓意深广，主要是代表清净，也表示世间是成就道业的养料所在。

正月二十日与潘郭二生出郊寻春忽记去年是日同至女王城作诗乃和前韵

［宋］苏　轼

东风未肯入东门，走马还寻去岁春。
人似秋鸿来有信，事如春梦了无痕。
江城白酒三杯酽①，野老苍颜一笑温。
已约年年为此会，故人不用赋招魂。

注释

①酽：浓，味厚。

赏析

"东风未肯入东门，走马还寻去岁春"，野外春色可能是比城里来得早和浓烈，所以诗人决定策马出城，再访去年所游旧地。"人似秋鸿来有信，事如春梦了无痕"表示自己如秋鸿般有信又来故地，但去岁寻春的胜事已如春梦消逝，了无痕迹。这一联可谓名句。也可以往禅义上说说。简单讲就是事还是要做，不但要做，而且要如"秋鸿来有信"般做好，做完美。但又要如"春梦了无痕"般不执着。颈联描写了一个温馨欢乐的场面。诗人与在当地结识的好友把酒尽欢，一笑将酒温，不用炉火。至此，诗人已完全沉浸在这个贬谪之地的平常快乐中，也于"平常心是道"有了更大的体会。以前的太多不如意，坎坷曲折，也在一片平常中，渐渐如春梦消逝无痕。于是他洒脱地对为他平冤复出奔走多时的老友们说：我已经和这里的朋友约好了年年相聚寻春，就不劳你们再为我奔走了。"赋招魂"用宋玉作《招魂》，以期楚王召回屈原的典故。从尾联来看，诗人是真看破功名，放下仕途了。

止鉴堂诗

[宋]　林季仲

莫道水清偏得月，须知水浊亦全天。
请看风定波平后，一颗灵珠依旧圆。

赏析

诗题中"止鉴"二字即水清波平而后能鉴照天地明月的意思。诗人作此诗，将诗题中的含义更进一步地圆融。"莫道水清偏得月，须知水浊亦全天"，一贯都说"水清现月"，但这也是个说法的方便譬喻。水清水浊不可对待，若实实执着清浊之别，早就不是"清"了。水浊水清是一回事，因为"是诸法空相，不垢不净"；月现或不现，也没什么区别。因为无论如何，"一颗灵珠依旧圆"。风定波平，灵珠现前；风狂波颠，灵珠不失。

题中峰寺①

[宋] 柳 永

攀萝蹑石落崔嵬，千万峰中梵室开。
僧向半空为世界，眼看平地起风雷。
猿偷晓果升松去，竹逗清流入槛来。
旬月经游殊不厌，欲归回首更迟回。

注释

①中峰寺：在今福建建瓯境内。

赏析

此是柳永少年之作。"攀萝蹑石落崔嵬"，表明寺院坐落在土石相杂的高山上。经过一路的附萝攀崖，诗人终于来到了山顶上，眼界顿阔，但见千峰浪涌，一室独开，苍郁浩莽，高洁梵净。"僧向半空为世界，眼看平地起风雷"，具体写身处梵室的真实感受。僧人在这半空的清净世界，冷眼看着俗地上的芸芸众生，造作种种尘事。诗人在此也有了出世的体会。颈联"猿偷晓果升松去，竹逼清流入槛来"细腻地刻画了猿与竹，这两个僧人的朋友，增添山居逸趣。"偷"字形象地表现了猿猴蹑手蹑脚的情态。清竹逼入寺槛，可见茂盛与阴凉。"旬月经游殊不厌，欲归回首更迟回"，诗人在此游玩已有旬月，但迟迟不愿归去，几次欲归，又都留了下来。这是诗人依恋山水，向往佛门，又不得不再入红尘的矛盾心情体现。

终南别业①

[唐] 王 维

中岁颇好道，晚家南山②陲。
兴来每独往，胜事空自知。
行到水穷处，坐看云起时。
偶然值林叟，谈笑无还期。

注释

①终南别业：辋川别墅。
②南山：终南山。

赏析

诗人在首联中说明自己中年以后崇信佛法，晚年在终南山安然隐居。落笔精练自然，超然世外之情淡淡溢出。在悠然自得的隐居生活中，诗人时常乘兴独自闲游，怡情悦性。"胜事空自知"更加表示自己高怀逸兴，独得其乐。颈联动中写景，禅机充满，是难得的千古名句。上句说自己随意而行，信步就到了流水的尽头；下句说在这无路之处，索性就地坐下，闲看白云飘浮而起。一行、一到、一坐、一看，干净利落，自由洒脱，诗人无着无粘，不烦不恼的境界心行全然而出。尾联于独寂无声处，忽地值遇林叟，尽兴谈笑，悠然忘时。更是将无牵无挂、独立特行之境推到了极处，并且引向平常。通诗流畅自然，更胜行云流水，"随缘任性，笑傲浮生"的禅者风姿跃然而出。

钟山即事

[宋]　王安石

涧水无声绕竹流，竹西花木弄春柔。
茅檐终日相对坐，一鸟不鸣山更幽。

赏析

　　前两句描写所见景致的"涧水"二字便见不凡，一反常用的清泉净水，大破执着。山涧的水从竹林边无声地绕过去。在竹林的西面，花开树绿，正是大好春光，无限柔情。只是这浊水有些碍眼。但若有此一念，只怕也就不能与王荆公同赏此山水。"茅檐终日相对坐"，也不知诗人与谁对坐茅檐，反正就是取个无言静默的意思。最后一句最精彩，"一鸟不鸣山更幽"，与开头"浊水"呼应，一反"鸟鸣山更幽"的惯用手段，突出奇兵，如实说来。此处略解有三义。一是一反常态，以破执着。二是可以理解为静坐入定，没听到鸟鸣。三是不管鸟鸣还是不鸣，山只是幽。只看心中有没有鸣相或不鸣相，但着一相，或着不着相，山幽皆无分得享。若没了这个执着，则鸣或不鸣，皆是山幽。若连山幽或不幽也没了，就更幽了。

重游寄老庵怀僧芝

[宋]　贺　铸

淡游已恨失芝公，陈躅空留梦境中。

欲问孤云何处去，庭前双树①自西风。

注释

①双树：娑罗双树之略称，佛入灭之处。此处并非娑罗双树，只是借用其意。

赏析

诗人重游寄老庵时，僧芝已经圆寂。在无限感慨中，写下此诗，以致纪念。"淡游已恨失芝公"，数年浪游江湖，再回旧地，却无缘再见芝公。这份遗憾，更添诗人对沧桑人世，变幻世情的深刻认识。"陈躅空留梦境中"，只有芝公的陈躅行迹，依稀留在诗人梦境中，空添惆怅。三四句是全诗关键，直入机锋，点出禅意。"欲问孤云何处去"，此句是问如今芝公何处去了。这是一句禅机。佛教认为真如不生不灭，随缘能生万有；随缘而生的万有有生灭，但真如不生不灭。开悟，就是要悟到这个不生不灭的本来面目。此句就是问这个本来面目在芝公圆寂后，去哪了。"庭前双树自西风"，是对此一问的回答。此处首先是用了释迦世尊双树下入大涅槃的典故，表明芝公是在此处圆寂。其次，作为机锋语，此处究竟答案是什么，只有每个人自己悟了。

资圣寺贲法师晚春茶会

［唐］　武元衡

虚室昼常掩，心源①知悟空。
禅庭一雨后，莲界②万花中。
时节流芳暮，人天此会同。

不知方便理，何路出樊笼③。

注释

①心源：心为一切万有之根源，故称心源。

②莲界：莲华藏世界。诸佛报身之净土，为宝莲华所成之土。

③樊笼：鸟笼，比喻不自由的境地。

赏析

本诗记述的是一次在寺院里的春茶会。"虚室"一词来自《庄子》的"虚室生白"。意指虚静之中可以领悟玄妙的道理。此处用指法师的禅房。"昼常掩"给人的信息是在这虚静的禅房里坐着位远离尘世的高僧。因为"掩"是虚关，不是死闭。这位静坐房内的高僧，也是深会真如空性。在这无边静穆中，纷然飘来一阵微雨。满院的鲜花庄严殊胜，莲华藏世界也毫无隔碍地融摄其中。颈联转入诗人自己的感受。时值晚春，名花虽好，谢落在即，而自己的人生旅途也如此花般步入了暮年。面对此情此景，不禁哀从中来。同时，诗人又受到了佛法的影响，在无尽感伤中，又企慕如高僧一样的离尘超脱。所以尾联以"不知方便理，何路出樊笼"相问，既含有淡淡的无奈，而更多的是对尘世的厌离，和对解脱的向往。

资圣院

[宋] 孙谔

四山藏一寺，方丈压诸峰。
回首坐禅处，白云深几重。

　　四句二十字，却将资圣院的雄壮巍峨写尽。"四山藏一寺"，交代资圣院藏在深山之中，群山连绵，广阔无尽的气势已处。"方丈压诸峰"，再写寺院处在群峰之巅，形胜压天下。此处"方丈"指代寺院，不但写出寺院的高巍，也突出佛法的高妙无匹。"回首坐禅处，白云深几重"，既是进一步描写坐禅的地方，处在白云深处，以呼应起首二句，也表示禅悟境界高绝难攀，如处白云最深处，一般人实在是到不了。只有人中狮子大丈夫才能"一口吸尽西江水"，无欠无余的全体承担。另一方面，也是表达了诗人自己对禅的理解。白云重重，当面就是。如果有个"白云后面还有什么"的念头，就立刻被白云遮眼，认不得自家宝。